U0659098

时代精神 Spirit of the time

三联国际
JP International

由北京、香港和上海三联书店共同创办于2012年，致力整合大中华地区资源，打造具国际视野的多元文化传播平台。

Co-founded in 2012 by JP Beijing, Hong Kong and Shanghai, JP International is dedicated to the establishment of a diversified communications platform with an international perspective through the aggregation of resources in the Greater China area.

man in the war-drobe

衣柜里的男人

苏永康

Willam So

Contents

PREFACE

BRAND SHOWCASE

Contents

SHOP AROUND

Contents

ICONS

Contents

拾·珍藏

序[1]

读懂苏永康

刘培基

读懂或者说喜欢苏永康的世界，必须先懂苏永康。他孜孜不倦地活在自己的精神领地上，他对某些事物近乎木讷，而对一些事却非常敏感地成就自己，而所谓“自己”就是一个人生活体验的总和。

我对康仔的认同，首先源于他的态度，态度是对待人、观念或事物的认知、情感和行为。他在追逐浪漫、爱情、潮流，热烈而不盲目，这些我们完全可以从他的随笔中得到体会，“假如你不懂我，连解释都是多余”。

无论潮流怎么变化，无论文明或者价值几多个轮回，爱，永远是那些恒定品质给出的，比如善良、宽容；比如安稳、忍耐；比如真诚、渊博。沧海桑田，什么都可以变，就是达成爱的元素不会变。优等的心，不必华丽，但必须坚固。

精神高贵之处，就是踏实地唱着书写着，当高贵不需要目光时，那么他的高贵就是独立存在。从不会因为少了关注而暗淡，喜欢自己，才会被别人欣赏。男人不需要很帅，有责任地爱着家庭和心爱的人，这就足以让人沦陷。

序 2

时装“公”信力

黄伟文

不要把“香港最爱时装的男人”颁给我，我是不会去领奖的！

我肯承认的，只有“我其实唔系中意买衫，系中意买嘢，不过买啲嘢咁啱通常系衫嚟嘅啫！”（我其实不是喜欢买衣服，是喜欢买东西，不过刚好这些东西是衣服而已！）和“其实唔系贪靓，只系喜欢换衫，因为我系双子座，至怕闷！”（其实我不是爱打扮，只是喜欢换衣服，因为我是双子座，最怕闷！）

而且当你见识过阿公苏永康，正常人都不敢再说自己“中意衫”了。

举个简单例子，做“娱乐圈”和“时装界”的朋友，一般都有强烈的“开工”和“见人”概念，即是身体内有个mode，明知哪天有收视率，便得打扮，有心情没心情的日子都得搞搞自己，令自己比较presentable，也因此有个相对的“休班”概念，不用上台上镜或者出席event的时候，就会“唔扮”（不打扮）轻松一下……我认为各个“在镁光灯下成长”的人当中，好像只有苏永康一个永远不需要“休班”，连约他落街食碗面的时候，去山卡啦resort旅行的日子，他都永不松懈天天无死角无留力不惜工本扮到靓靓出现，不，“出现”这词用得不好，因为有种明知是有其他人的场合的感觉，我所知道的苏永康，自己一个人在家时，一定一样一丝不苟的，不然我亦不会把《黑色礼服》写给他了。

近年出版业界一直缺乏能写时装的“明星作者”，好像没人想到这位本来已是“明星”的，原来也是个很好的时装作者。

事实上，他怎会写得不好看呢？如此真爱！

序 3

给公公猪的信

徐濠萦

公公猪！不好意思！自从女儿出世后，由她起了这个“朵”（外号）给你，现在这样称呼你是最亲切的！

大家同是喜欢购物、时装和扮靓，所以我、你和 YY，还有 Ah Ta 都分外投契，也会互相帮助，到世界各地为对方“抬”一些衣服甚至鞋回来，相信在我和阿臣的名单里面，只有你和 YY 才会得到我们为你俩效劳的专利。

所以呢，在我们的世界中，时装和朋友是同样重要和珍贵！

期待看你和 Ah Ta 婚礼的服饰！

序 4

有人喜欢蓝，苏永康喜欢 ??

梁伟强

从酒店露台凝视意大利西西里 Ortigia 岛对开地中海的爱奥尼亚海湾，正看得入神，忽然手机显示大家昵称康仔的苏永康将会把他在 *JMEN* 杂志的专栏结集成书！心里暗忖一句："该是时候吧！"

将时光倒流数年前，当时还在杂志"打杂"的我在一个时装派对上，以几分"胆粗"问康仔是否有兴趣爬爬格子写时装专栏？没想到他想了片刻便爽快应承，接着还即场来了数十分钟的 brain storming。苏永康爱时装倒是行内知名，但他能以笔代衫，发挥时装既夺目而微妙的意境吗？就像洋人挂在口边的“Walk the walk, Talk the talk”，苏永康能唱，但写专栏能“行”吗？另一个“百万问题”是他的多线艺人身份，又常常不在香港，会脱稿吗？

民间智慧教导“时间是最佳见证人”！这几年康仔的专栏，无可否认把我当日的疑团全部驱散！我当然没有告诉或者向康仔暗示当初的半点怀疑，他也没必要向我证明什么，我反而觉得他已向自己交代了究竟有多中意时装！从他众多文章中，康仔以笔代口告诉我他时装通识丰富，资料搜集充足，身处异地也勤力寻找好料为题材，还有我最担心的脱稿，他也昂首阔步地“过关”了。而他的文章给予我的红利是其笔法词锋也很到位！从时装人及编辑两方面衡量，康仔可以捧着火烫铜鼎，走过木人巷一跃出关。结集成书？怎不该是时候呢？

我相信再来三四年，康仔的时装墨水也没有干涸的危机，他对时装的“肉紧”（着紧）及死心塌地，也许比我这位自命多年时装传媒人更胜一筹。毕竟自己也开始与时装这位“老伴”的关系有点疏离，不然也不会有米兰不留，路遥遥地来到西西里找古方巧克力！这一刻看着深蓝色的地中海，灵魂仿佛被吸走了，一刹那也想到康仔的名曲之一《有人喜欢蓝》的一句歌词：“蓝是如迷如幻却很逼真的某种兴奋。”自己对蓝色的忠贞不二，也许就如康仔对时装般，那份恒久不灭如迷如幻的兴奋。

自序

衣柜里的宣言

苏永康

如果生命有分上下集的话，我想我的下集于数年前已不知觉地开始了。先感谢 *JMEN* 前编辑 Maxwell（梁伟强），勇敢地起用一个中学未毕业的人去写文章。感谢我父母遗传给我的一套审美观，让我能够用 POV 这个平台，以“时尚”为踏脚石抒发我的世界观，以及对是非黑白的观点。历年来帮忙校对的 *JMEN* 同事，没有您们的相助，拙文可能错漏百出！还得感谢南华传媒，由在下第一篇稿费直至现在均全数捐入“永康国际慈善基金”；而本书我的个人收益则全数拨捐“傲翔奖励计划”以帮助香港有需要的助学青年。因我相信只有教育才能改变世界，年轻人的思想得以自由发展之余也不被扭曲，只有不断地施与才会令我的下集色彩继续丰富。

我爱美，并不因为我丑，因为我爱自己，我更爱这世界！与君共勉之……

BRAND SHOWCASE

BURBERRY PRORSUM

THIERRY MUGLER

CHANEL HOMME

ALEXANDER MCQUEEN

CHRISTIAN LOUBOUTIN

值得让你花钱的理由

很难令人相信一个男人的兴趣可以如此狭窄，只有音乐、时装、看书、旅游及运动，所看的书本 50%（或以上）是有关时装。旅游尽可能只选有衫买的地方，买车不在乎车的性能，只在乎安全与否及是否容易衬衫。运动美其名是想身心健康，实则是想保持年轻，让自己偶尔能穿些与自己年龄不符的牌子及永远保持 size 46 ！

速入正题，2010 年冬季的男装，确是近两年最令我感觉兴奋且赏心悦目的。

ALEXANDER MCQUEEN

麦昆先生的作品一向偏锋，他的时装 show 常给你极强的官能刺激，所以常得专业舞台表演者的欢心。这个“终极”系列，我第一眼感觉是，哗！验眼？！（这个“终极”系列，我第一个感觉是“养眼”？！）

偏锋者，难穿也，有个性的从不亲民，全个系列最易穿着的相信是那件肩上有 Mongolian fur 的灰色骷髅头大冷衫，其他要不全套穿，全不给你 mix and match（混搭）的空间。

拿在手上的这件外套 pic...01，全羊毛的 digital prints（数码印制）衣料，看起来硬挺，实则软如海绵，封口位全部对

01 ALEXANDER MCQUEEN。

02 BURBERRY PRORSUM。

花再加对牛角袖！手工一向是 MCQUEEN 的一项绝技。还有那条踩踭裤（超长裤），细问之下原来只会生产净色，想收藏者如我只好到伦敦总坛搏一搏可否买到条 showpiece。

由麦昆先生多年战友 Sarah Burton 主理的 2011 S/S 男装已显平易近人得多。

华丽犹在，偏锋不再。一代宗师，愿您安息……

BURBERRY PRORSUM

自 Christopher Bailey 九年前（2001 年）入主 BURBERRY 之后，可以说至今从未失过手，只是“靓”同“非常靓”之分别，能有此水准实属难得。Bailey 先生擅长把原本粗犷的军服变得华丽且贵气。正因在下亦钟情军服，所以于年初（2010 年）见到此系列时已决心于 3 月演唱会后把头发剪短以全力配合此等造型，尤以此 oversized shearling bomber jacket（超大羊毛皮飞行员夹克）pic...02 最令我心动。不选皮革 version 的原因可能是太重，如今实物到手，确定估计无误，单是 cotton 加上 shearling 已足足超过六磅，质感十足。Biker boots（机车靴）外围露出鬈曲羊毛，妙笔生花！另外，牛仔布衬衫与 navy blue（海军蓝）或 khaki military coat（卡其布军装外套）乃帅气与醒神之配搭。

03 CHANEL HOMME。

CHANEL HOMME

第一次接触 CHANEL 男装是 2007 年夏季于巴黎，直至现在巴黎亦只有 31 Rue Cambon 有售，要买相当有难度。

2009 年老佛爷 Karl Lagerfeld 带着 Paris - Shanghai 系列高调空降黄浦江，大锣大鼓震撼整个时装界，全个系列亦只有五套男装。说真的，个人认为此系列女装较为出色，所以我只把焦点落于此绿色中山装 pic...03，用料是 CHANEL signature tweed（香奈儿标志性斜纹软呢），肩膀、衫领、袋口、袖口均绣上黑色 trim（边饰），实物换上金色纽扣，把原本土产到不得了的国民外套变成 CHANEL 得很！此五套男装更破天荒于 JOYCE 作全球优先发售，反应也是预期中的好。在下于发售后数小时到达，只见挂着一件价值 12 万港币的蓝色镶金线西装，其余的都已售罄。其实我都不知道有没有公开展示过？不得不拜服这位七旬长者的个人魅力及对时装艺术不绝之创意。

正想收笔之际，工人敲门说有快递送到，2011 春夏 BURBERRY PRORSUM pic...04 已运抵舍下，未知阁下是否与我一样面对足以令人思觉失调的问题：有足够空间好好地收藏吗？

我虽然绝对清楚知道自己的性取向，但我必须承认，我确实是个住在衣柜里的男人……

**04 8 月中旬已
空运舍下的 BURBERRY PRORSUM
2011 S/S 系列。**

我看人，第一眼会看对方那双……

鞋。一个男人是否“姿整”（穿衣打扮非常讲究），或者合乎最基本的礼仪“整齐”，看他穿什么鞋大概略知一二。

自小父亲教诲男人做事要有始有终，打扮切忌“观音头，扫把脚”，很多人以为我最大的收藏为眼镜，其实鞋履亦不少。回顾今年（2010 年）收获，自觉精彩，为何到年终才与君分享？因我确信这四双鞋是 timeless 的，多年后会变成我的收藏品：

ALEXANDER MCQUEEN

购物本是高兴的，何以得到后唏嘘多于一切？

太美了！由鞋面到鞋跟均雕上花纹，手工之精细令人怀念麦昆先生对作品所有细致的心思 pic...05。在新加坡 Club 21 见到立刻爱不释手，价钱也不看就立刻买下。幸好有如此冲动，回港后发现香港只引进了黑色。在下认为此双鞋的精髓要在深浅啡色上才能尽情发挥，半年了，只穿了一次，是出于欣赏、尊敬。

05 ALEXANDER MCQUEEN。
06 Shanghai by CHURCH'S。

Shanghai by CHURCH'S

第一次相遇于新加坡 CHURCH'S，还以为是陈列品，怎会有如此 vintage 的货品 pic...06，店员说是新货，立刻买兴大发。可惜尺码太小，店员于电脑查到伦敦店还有一双，遂于一星期后空运到舍下。消息来源指，话说有位英国老先生走入伦敦店问可否把他一双旧鞋重造，令 CHURCH'S 开发了这个仿 vintage 名为 Shanghai 的系列。本人觉得甚有可为，是感觉问题，衣服还可穿旧，鞋怎能穿别人的？

07 CHRISTIAN LOUBOUTIN。
08 MAGNANNI。

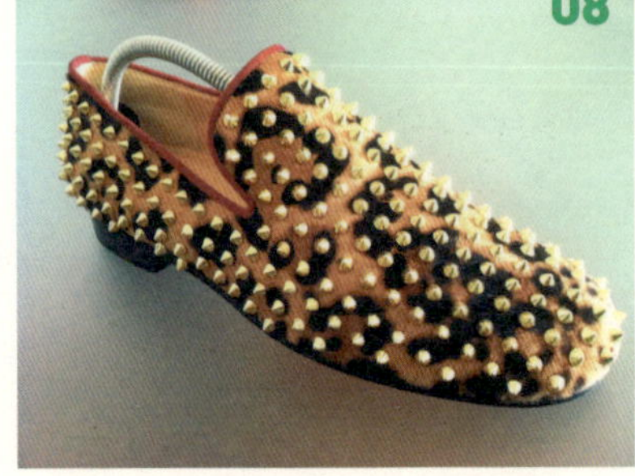

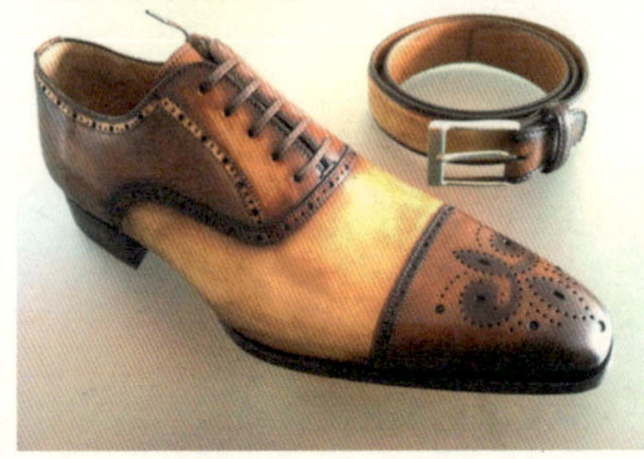

09 老外工匠的三十年手艺于你面前表演，六千多港币绝对值回票价

CHRISTIAN LOUBOUTIN

豹纹加金色窝钉 pic...07 ！以男装鞋来说可谓华丽得夸张。买它的原因有点奇怪，是出于想征服它。简单讲，即是“衬掂佢”（帮忙配衬衣服）！由付款到收货，要四个月，有足够时间想清楚怎样将之好好发挥，有趣呀……

MAGNANNI

印象中鞋形极之笔挺，属于“公子鞋”类型 pic...08，11 月连卡佛来电说有工匠从西班牙来港为客人 made-to-order，我怀着好奇心态到 IFC，见工匠 pic...09 在一双原本白色的鞋上索色，效果有如 vintage 甚至像生锈，客人还可自选偏门颜色如绿、紫蓝、枣红等。还附送一条颜色一样的皮带，解决了“西装友”（爱穿西装的人）要衬皮带的问题，索价才六千多港币。连卡佛近年在照顾“西装友”方面是众多男装店中最为进取的。心水清（有心思）的朋友会发现，怎么我买鞋都没有净色的？对！人生在细节上多加点色彩不是更有趣吗？还望大家都走路有风，昂步向前。

不开心，买鞋……

非也！这曾是一个商场广告的对白。而在下买鞋和眼镜，遇到合眼缘的即时买下，要用时自然用得着，与心情好坏绝无关系。一年前（2010 年）曾撰文探讨男人是否“姿整”，甚或有否合乎“整齐”这个基本礼仪，只需看其所穿鞋履便知一二。我从不否认我绝对属姿整一类，但姿整亦有其原则，不舒服的管它如何耀眼亦绝不考虑。

在此大前提下，CHRISTIAN LOUBOUTIN Rollerboy Spikes系列顺利跑出，不能不先赞其市场策略。品牌本身于女性高跟鞋上已取得莫大成就，到推出男装系列，Mr. Louboutin本人先做其“生招牌”（模特儿），自数年前起均穿其尚未推出的男装鞋款出席公开场合，好让各大时装网站群起讨论，共同炒作。LOUBOUTIN贯彻其前卫偏锋路线，男装系列80%以上为招牌窝钉、豹纹、镶金、银线；波鞋系列有如圣诞树般闪pic...10！由于玩味超浓，两年下来已成功攻入欧美潮人的世界，其范围亦出奇的广，由Black Eyed Peas主脑will.i.am到加拿大小天王Justin Bieber均有捧场。在下真心认为其成功在于能让偏锋前卫与最难配合的舒适“并驾齐驱”，你单看其鞋款一系窝钉，一系尖头起角，绝不能想象其实穿一整日也不觉脚痛或累。可以肯

10 要把 LOUBOUTIN 的鞋
穿得出色，配衬上还得花点功力，
一不小心就变成喧宾夺主。

**11 这两双 Car Shoe
我已穿了大半年，
其实只要清理得宜，
着鞋唔着袜
还是挺卫生的。**

定它在制作上花了不少心思与时间，虽然价钱贵得实在抽离大众……

一直知道有种 Suede（麂皮）造的“懒佬鞋”，这种鞋款其实 TOD'S 已推出多年，只知道它异常舒适，但由于款式一成不变且颜色沉闷，所以一直没有光顾。直至 Car Shoe pic...11 异军突起，又系那招必杀技，推出粉色系列，红、橙、黄、绿、青、蓝、紫全部齐全！近年此鞋于欧洲夏天街头 snap shot（街拍）中出现的频率异常高，只要你带点健康肤色，一条窄身吊脚裤、白恤衫，再穿一双 Car Shoe，在下认为是最简单自然又易 carry 的配搭，很难错得了。你亦不需像穿 LOUBOUTIN 般想尽办法用上身衣着去配衬双鞋那么大压力。牛仔恤衫、ZARA 卡其裤，再配双橙色 Car

Shoe，是我在这个气候反常的 11 月所做的打扮。

我明白始终有些男人不能接受"着鞋唔着袜"（穿鞋不穿袜），不能接受的还有男人高跟鞋！RICK OWENS 的波鞋可能是世上其中一种最舒服的鞋，但其男装高跟鞋 pic...12 ?! 若非因工作造型需要，我不能接受一双令我站久了会腰骨痛或上落楼梯时失去平衡的鞋。我很佩服我女友能穿着四英寸高跟鞋于巴黎穿梭各大 showroom，这是女人的天赋！其实只要敞开心胸，偏锋与休闲随你心意自然游走，生命自有无限色彩，就让我等继续昂步向前，前路还是步步有风！

12 RICK OWENS
这双鞋，在下将之命名为"男人最痛"。

男女大不同

2010 年 5 月份英国潮人杂志 *INDUSTRIE* 找来 Marc Jacobs 穿着短裙丝袜拍了个封面，照片中 Marc 哥留了胡须，穿着“斗零”（幼跟）高跟鞋随便一站，哗众取宠之效果肯定是达到了。但对不起，在下实在觉得非常不安！请别误会，本人对男穿女装（或女穿男装）从来没有异议，更加没有性取向歧视，只是天生审美触觉实在瞒骗不了自己，很难接受。

对，时装愈趋中性化是铁一般的事实，早于1965年殿堂级设计师Yves Saint Laurent已造出惊世女装 Le Smoking tuxedo系列，性别颠倒这游戏在时装世界早已开始。时至今日，许多欧洲大牌子依然主打这方向，很多亦做得非常出色，例如数年前凭宽肩西装、外套突围而出的BALMAIN。以至今年秋冬的CÉLINE，女性化如林忆莲到英气像何韵诗均穿得各自精彩，可见女士要做中性打扮，成功率实在比男人着裙高出许多。在香港多年来就只有张国荣令我觉得男人着裙穿高跟鞋能称得上是迷人的pic...13。JEAN PAUL GAULTIER早于上世纪九十年代初已推出男装裙，历年来亦有不少男艺人穿过，在下始终认为只有哥哥才拥有那份自信，英气中带着媚态，确是前无古人，令人怀念。

犹记多年前我于一个发型展览中首次见到吴彦祖，当日

13 哥哥生前最后一个
演唱会的造型，
就连设计师 Gaultier 本人
也非常满意，
认为是经典！

14 Zing 多年前从巴黎搜寻古董 CHANEL jacket，多以深色为主，且永远配以一双 DR. MARTENS 把华丽的外套 dress down，非常有心思，在下实在佩服！

他戴着假长发穿着紧身短裤与红色女装高跟鞋行 catwalk，曾令我眼前一亮。多年后我们相识了，我与 Daniel 虽不算深交，仍相信此等打扮绝对不是他的那杯茶！

经常于外国时装 snap shot 中发现有男性时装人穿着女装穿梭各大时装场合，其实在中环购物区，我也周时见到有一批"熟口熟面"常做此类前卫打扮的男士。经年观察，我始终认为只有长居香港的著名化妆师 Zing 能成功地把女装穿得出色 pic...14，Zing 其实并不具备一个俊男的外表，但我认为他拥有一股不可言喻的艺术气质，其修长身材乃一套上佳的衣架子。所以如阁下想追赶潮流尝试中性打扮，请先问问自我气质能否驾驭，三思而后行，否则只有惹来侧目斜视而非艳羡目光。

小聪明与大智慧

整个 2012 春夏米兰巴黎男装展，坦白讲其实并不精彩（甚至有点闷）。设计师有些在寻找方向，有些又试图改变，结果导致集体感冒，大都演不出水准来。这种情况每三至四季会出现一次，谁是小聪明而谁具大智慧者于此时便立竿见影。

RICK OWENS 早已确立了一套美学标准，黑和灰是从来不能缺少的元素，衣料由麻质再晋升到丝质，颜色由黑灰推展到米、白、金、黄。既然衣料与颜色有了跃进，需要较大面积将质感好好展现，索性做条裙！于在下而言此乃是季精选，但精选归精选，难穿之极也！你必须在发型、肤色，甚至体形上刻意做出多方面配合方能成就，缺一不可 pic...15。

想取其易，选 BURBERRY PRORSUM，Sir Christopher Bailey 今季花了许多笔墨于图案设计上，主体颜色亦鲜艳得多，白恤衫胸前一个图案，招牌中褛于领口上换上针织物料，小小惊喜之余亦不会脱离主题，颜色配搭赏心悦目，本人认为是上佳的便服选择。

很多牌子女装比男装做得出色，BALMAIN 就是其中颇为明显的一个，三季下来终于修成正果，于 2011 秋冬交出一张漂亮的男装清单后，主帅 Christophe Decarnin 便告请辞。走马上任的乃其助手 Olivier Rousteing，先保留品

15 这套是季精选，若放于在下身上将会变成南洋民族服装，还是止于欣赏罢了。

17 神话再"灭"时，实在无言以对！哀哉……

16 若没有黄耀明或余文乐般标致面孔，就必须一身健康肤色予以配合，否则形同病坏书生。

牌赚钱重点 biker 牛仔裤做主题，再延展到短身礼服外套、恤衫及围巾。颜色选用粉蓝、粉红、粉黄，整个系列更显 boyish，甚有最当红时 DIOR HOMME 的感觉 pic...16。还望设计师好好保留并加以运用。我等亦不要开心得太早，因初生设计师，"P 牌"（新手）至少挂上两年再讲。以下这位，一季已被除牌！

曾于半年前撰文THIERRY MUGLER"神话再现时"，Lady Gaga造型师Nicola Formichetti搭档Romain Kremer把握THIERRY MUGLER精髓造出一系列令在下拍案叫好的男装。半年后再看他们第二个系列，心情如下：1. 惊讶；2. 悲伤；3. 拒绝接受；4. 愤怒，其情绪推进心理学上类同灾难发生！整个系列如何？为存厚道，在此不提。我就讲pic...17这一套，究竟想怎么样？难得这么丑的石磨蓝牛仔短裤，加件九龙城狮子石道七记出口成衣长年有售的牛仔褛，再加个银色颈环！看到此处四种心情反射你可能已出现了三种，再看访问，造型师Nicola说："This season, I put more of myself into it!"（这季衣服，我放了更多自己的元素在里面！）你愤不愤怒？上一季你成功系因为运用了大量MUGLER元素，才半年就把它丢弃得荡然无存，还打着人家的名字加多些自己进去？我现在终于明白为何Lady Gaga造型一时劲到如经典MV Bad Romance，转头又是全身生牛肉！

神话再现时

任何界别，如能登上神级地位，准有呼风唤雨的能力，巴菲特随口一句股市可以上落百点，学友兄年中的演唱会未开卖内部订购早已超额。《一代宗师》纵使我未必看得懂但仍想知道张叔平如何包装梁朝伟。

时装设计师也有神般魅力，有能力带领潮流或将之逆转。顾名思义，时装是有时限的，经不起时间考验的会变成过时，反之会成为经典。1995 年 Tom Ford 已向世界示范如何把握经典品牌之精髓再加注新的元素，使垂死的 GUCCI 浴火重生，之后再救 YSL，从此 Nicolas Ghesquiere 救 BALENCIAGA，Alber Elbaz 救 LANVIN，Riccardo Tisci 救 GIVENCHY，一幕幕神话再现，很是热闹！何时才到我心中的神话再现？今年终于等到了。

THIERRY MUGLER最后一次大动作是年前替Beyonce设计其世界巡回服装。其实也只是将他的历年经典设计再给Beyonce用一次pic...18、19、20。2011 F/W品牌化MUGLER，找来年轻设计师Romain Kremer及Lady Gaga的造型师Nicola Formichetti操刀，单看牌面声势已噱头十足，宽肩收腰的西装外套是品牌经典保留了。黑、紫蓝、橙、深浅啡颜色配搭保留了，皮革与PVC物料的运用改良了，连品牌以前最麻烦的一点，裤的剪裁不阔不窄也改良了，一是

18 在下保存
将近二十年的
THIERRY MUGLER,
已从衣帽间找出清理,
准备再上战场。

19 THIERRY MUGLER
1990 年的划时代设计，
近年用于 Beyonce 身上
也不感过时，
称之经典绝不为过。

20 2011 年
进化了的 MUGLER，
保留着阳刚硬朗的
线条却多了份不羁。

很阔、一是很窄，大刀阔斧无中间，痛快！大乐！又一神话再现。

有谓创业难守业更难，更何况要守住个神话！此话题一直与 Sarah Burton 能否延续麦昆先生的神话挂上了钩。两季下来心头大石总算放下了。2011 F/W 系列强烈的英伦风加上鲜红色 oversize 拿破仑大衣，笔挺的西装肩膀却破开，个人最欣赏她于女装系列中把骷髅头半边加上天使翼，是否意味着 MCQUEEN 重生这不得而知，起码麦昆先生在天之灵知道无交错棒，神话得以延续。

其实作为观众，最不想见到的是神话幻灭，偏偏消费者是现实的。Sarah Burton 的天赋应该没有落在 Kris Van Assche 身上。自他接手 DIOR HOMME 后毁誉参半。其实要他处理自己的系列应是绰绰有余，要接过连 Karl Lagerfeld 都愿减数十磅予以配合的 Hedi Slimane 枝棒！相信市场早已告诉他是成是败。最无奈的是家族生意，Donatella Versace，她是否能接上哥哥的棒，为存厚道，你我心照不宣！

还望她的女儿（据说是其哥哥指定接班人）快些长成又或 Donatella 某天一觉醒来真正顿悟请高手相助，否则形同 Andy Warhol 过身了，你叫他妹妹画幅画，然后用 Andy Warhol 的身价要我买？

尚在人间的时装神话有Karl Lagerfeld、Giorgio Armani、Vivienne Westwood、川久保玲与山本耀司。全部早有资格领取“生果金”（香港特区政府每月给65岁或以上老人买水果的敬老钱），还望他们早已立下平安纸指明谁人接棒或如何收摊，免得日后“揦手唔成势”（不知所措、无法应付）。

一代宗师

集体回忆之风气近年吹遍全球，除了音乐，情况反映得最严重的可算是时装这个板块。MUGLER 借 Nicola Formichetti 之名气声势确是大大提高了，设计却一直未稳定下来，仍有待观察。Donatella Versace 与 H&M 合作后醒了，知道唯有把握 VERSACE 的精髓所在，不再乱冲乱撞起码可以守住一班捧场客，2012 年春夏是历年来口碑最好的，还连带欧洲二手 vintage 市场，范思哲的价钱也向上攀升。

说穿了，这些其实也只是二度创作，而非始创人本尊之手笔，不稳定与走样的情况在所难免，年初（2012 年）闻说 JOYCE 有意邀请一代宗师 Romeo Gigli 本人为其设计今个秋冬系列，对于我等饮时装奶长大的六〇后是一大盛事。上世纪八十年代末各大品牌个性非常立体鲜明，而 Romeo Gigli 一直走较为艺术的路线。当一众品牌仍一同大玩恶形恶相宽肩设计时，他来一招反传统 A 字膊，重塑女性体态而不失优雅，明显是艺术层面大于商业考虑。当时品牌女装的回响比男装大，印象中张曼玉与袁咏仪是穿得最好的常客，而八十年代末九十年代初穿过的男艺人实在不多，反而一众从事广告创作的朋友经常谈论。

1991 年我于旧文华酒店 JOYCE MEN 首次接触 Romeo Gigli，深深吸引我的是其颜色配搭——砖红色撞芥辣黄、翠绿撞宝蓝，枣红撞墨绿！其色彩配合衣料运用大胆，至今无人能及！令我却步的是价钱，一件宝蓝色 A 字膊外套五千多元，芥辣黄恤衫盛惠千三，当时我实在只有看的份儿，到季尾减价再算！之后几年品牌迅速扩张到日本生产，全盛时期连时装死城温哥华都有其专门店。

6 月初某周日女友告诉我 Romeo Gigli 本尊来了香港，我怀着拜会之心态与大师共进甜品。父亲乃古书籍收藏家，母亲是女伯爵，童年于十六世纪古堡中成长的 Gigli 没有贵族与富家子弟的气派，相反交谈中的率真令我既惊且喜。我们谈他 1984 年首次踏足北京，东方事物如何影响他的设计，谈他的得意弟子 Alexander McQueen，谈他与 CORSO COMO 的点点滴滴，谈我 1992 年找尚在求学的雷颂德帮我坐火车出伦敦 BROWNS 买大师的减价品。荣幸地我还看过大师尚未推出的力作，我只能说，不认识品牌的可以从这个系列中学习到大师风范如何影响着后辈的创作；如果你早就理解，这个系列绝不会令你失望。大师本人似乎非常清楚我们渴望他出山的理由，不用加多减少，哪怕只是一季，男女装依然形神俱在！

席后我还有机会开车送大师一程返回文华酒店。我们都年长了，这种集体回忆的缘分我异常珍惜 pic...21。

21 一直记得
我还藏有 Romeo Gigli 的产品，
数量不明但
全部接近二十年历史，
会面当晚先把大师本尊
送回文华酒店，回家找找，
原来正确数目为两条领带、一件针织、
一件外套和一双鞋！
（我怎么还有一双二十年前的鞋？！）

资优生

一位设计师要同时兼顾品牌的男女装，其实最容易看出其才华究竟有多少，一般最常见到的是女装比男装出色。这点不难明白，当你知道女装销售的比率与利润和男装相比时，你甚至可能会反问，为什么还要做男装？！

BALMAIN 的上一任主帅 Christophe Decarnin 于 2009 年推出一系列宽肩、钉上水晶带有军事色彩的女装 jacket，灵感来自迈克尔 · 杰克逊的歌衫。旋即石破天惊，整个时尚圈好不热闹，宽肩阔膀终于踏实地回归。在下同时留意到品牌的牛仔裤设计有如窄身的 biker pants（机车裤），我突发奇想，男人穿会如何？JOYCE 入货的最大尺码是二十八英寸腰，之后我竟然在当时还坐落于历山大楼的 SWANK Shop 找到 size 42，用于 mix & match DOLCE 的西装是意想不到的配合。我感觉到品牌是有推出男装的潜力，只是该如何给自己定位？女装牛仔裤卖过万一条，稍有钉装的外套要四万六千！如此 high-end（昂贵）的定价跳到男装不能抽离得太远，但男人钱，不容易赚！你没有“咁上下”（更多）details（细节）给我，休想！

终于 2010 年见到首季男装，亦一如所料，除 biker 牛仔裤得以改成男装外，其他设计显得有点六神无主欠缺方向，主帅 Christophe Decarnin 还于 2011 年 4 月辞去创

**22 还好在餐前问了
我最想问的问题，
开餐后有一半时间
Olivier Rousteing 是
“腾来腾去”坐唔定！
二十七岁的年轻人对陌生城市的
人和事抱着无限的好奇。**

意总监一职。还有两个月便发表新一季男装，品牌反应得极快之余亦非常勇敢，4 月底已公布新任主帅乃前任总监的助手 Olivier Rousteing，一个完全陌生的名字！去年（2011 年）8 月我评他首季作品为高贵中带 boyish，非常聪明地运用粉色，甚有最“当扎”(当红) 时 DIOR HOMME 的感觉，亦同时告诫读者不要开心得太早，因在下认为初生设计师，P 牌起码挂上两年再讲。

刚过去的 10 月 18 日，透过品牌的安排，Olivier Rousteing 本尊得以坐在我对面共进晚餐 pic...22，饭前抓紧时间问了个最想知的问题，你拿着什么理念来设计 BALMAIN ？谈吐温文的 Olivier 轻松回应：“首先要保留 PIERRE BALMAIN 的 DNA，再学习 Oscar de la Renta 的精细手工和 haute couture（高级定制）元素，我喜欢利用剪裁让人变得性感，混合不同国家的文化来扩大视野层面……”作为消费者的我，顿时觉得你的 P 牌可以立刻除下之余，我还肯定你是个资优生！看了你三季的设计，我相信你已完全掌握自己的市场定位。我给这个价位买 BALMAIN，一定对质料、手工、剪裁及创意有要求，而这些要求你都处理得很好。走 high-end 路线的品牌很容易会做得老气横秋，而年仅二十七岁的你却把整个品牌活化了。二十七岁！可以涉猎的空间还有无限大……

英雄造时势

时装界的八卦从来都不少于娱乐圈，打从 Hedi Slimane 重返 YSL 消息传出以后，几乎每个月都有花边新闻！其实，不八卦才奇怪。一个曾令时尚大帝 Karl Lagerfeld 减肥且说明为了配合 DIOR HOMME 的“饥荒”式造型的设计师，确是本世纪初时装界的首位风云人物。

去年（2012 年）他本人重新入主 YSL 后首个发表的系列，莫讲 runway，连简单发布会都无做过。有机会见到的就只有来自世界各地的买手，更罕见的是连买手落单也不准拍照，他们只能单凭于 showroom 目睹实物的印象落单！此举本人却非常明白，为保神秘感之余，也因 Hedi Slimane 的设计基本上影响了日本当代本土时装业。DIOR HOMME 风行之时，日本国产男装 70% 以上都以它为蓝本（Hedi Slimane 收山后，抄袭目标变为 Rick Owens），如果有设计外泄，相信一个月内南青山 LOVELESS 已自制 A 货出售！

实物看不见，随之而来就是花边新闻，有人甚至以“时装法西斯”来形容 Hedi Slimane 的独裁。YSL 不再，大号改为多年前的 SAINT LAURENT，得！全世界的专门店要用全新的设计概念，即全部再装修过，得！（亚洲现在只有上海为全新概念店，香港闻说最快要 4 月至完工！）全世界不给 discount，得！公司内部连文具用品之类均要更换，得！连 workshop 都要由巴黎迁往洛杉矶，因 Hedi Slimane 住惯 L.A.？都得！总之 GUCCI Group 摆出的条件就是有求必应，只要你本尊肯出山就得，讲完！

如此辛辣的条件是否值得？去年还于 JOYCE 工作的内人正好负责 SAINT LAURENT 这个品牌，以她多年的经验评语如下：如果阁下曾经迷恋 Hedi Slimane 年代的 DIOR HOMME，首个系列你恐怕跑不了！这么厉害？我当时还没看过实物，不能下判断。直至去年秋天看到首个女装系列，我相信 GUCCI Group 今次应该没有押错宝。当年 Hedi Slimane 主理 DIOR 男装时，女装主帅乃 John Galliano，此君也绝非善男信女。有传 Slimane 离任 DIOR HOMME 其中一个原因是一直未能一统男女装天下，如今拳脚得以大展，女装方面的表现本人认为实属优秀，高贵犹在，性感依然却加入年轻活化的元素，在下预期其阔边女装帽子将会成为今夏重点装备之一。

男装如何？当你饥饿已久，炒碟冷饭你食都会甚觉滋味！真的，如内人所言，如你是 Hedi Slimane 粉丝，此系列满足你绰绰有余 pic...23。再看其刚发表的秋冬系列，恕我直言，是 2005 年 DIOR HOMME S/S 加 F/W 再加已故东瀛品牌 NUMBER (N)INE 最后一季的混合版。创意上不能满足我，但我相信商业立场上已立于不败之地！

我早已预期 Hedi Slimane 会把圣罗兰的经典元素如 Le Smoking 大关刀领西装等一扫而空。其实此乃明智之举，当有天冷饭炒尽，从圣罗兰宝库中把经典逐件出土再混合创意，才能衍生出无限可能，长玩长有之乎者也……

23 如果你是 Hedi Slimane 的粉丝，他重新入主 YSL 后的首发系列定能满足你。

当男人爱上女装

在下多年来自认购物专家，但只限男装。

其实数年前已静静起革命，由 CÉLINE 到 CHANEL 较为中性的女装已占了我衣柜大概 40%，原因很简单……怕撞衫！

果有见效，自此之后全港跟我共同拥有同一中性女装的人只有一个，我的老友 Wyman。

犹记 2011 年，内人告之有个她一向欣赏的品牌以玩票性质推出一系男装，自此 HAIDER ACKERMANN 这个名字开始入侵我的时装世界，那种慵懒、不羁 layering 的层次加上带点东方和服风格的男装，深深吸引了我。那一年，我像着了魔从伦敦 Selfridges、新加坡 Club 21 及连卡佛见到就买，在下的拙作《那谁》及《怎够喉》之 MV 全部以当季 HAIDER 上阵，自此还开始留意他的中性女装。说句实话，用女装的思维投放于西装外套上，只有川久保玲做得如此出色，还有一点中了我的要害，其用料之上乘，不论丝绸、皮革或 wool（羊毛），均属上佳质料。

当年非常好奇为何只推出一季男装？行内消息指出 Mr. Ackermann 认为应先用力打稳女装基础才正式推出男装，但在下从来都待不住有如发现新大陆般的兴奋，开始不断向其中性女装进攻。香港连卡佛有时有意地把这些中性女装引入 size 42，我只需把纽门从女装的右边改回左边，甚至我觉得设计师有意地将中性外套索性把纽门拿掉，女士会用 oversize 的穿法，而放于男性却出奇刚刚好，而且用色大胆，深紫、鲜红色，cutting 别树一格，其他品牌男装找不到如此“出位”的设计，于是每年会专程飞到伦敦 Selfridges 及还未出售给意大利集团的 LN-CC 搜购。

及至今年（2014 年）夏天终于推出男装系列，多少保留了 Mr. Ackermann 之前的中性风格，只是把它更立体地用利落剪裁及一贯鲜明但较男性化的颜色呈现出来。其实我一直想亲自向 Mr. Ackermann 请教其创作概念，终于 Haider Ackermann 本尊到访香港 pic...24，但通知我的竟然不是一直负责联络我出席 JOYCE 各大小 event 的公关部，而是两位我认识多年又知道我劲喜欢买 HAIDER 的高级售货员老朋友！我到访之后又知道 JOYCE 安排了 Mr.

24 Mr. Ackermann（中）、Wyman（右）与我合影。

Ackermann 和他们所谓 selected 的客人共进晚餐，所以其实这篇文章本应可以写得更好，可惜自己“未够班”（未达一定水平）不能成为席上客！

本来以为故事已经完结，谁知上星期 JOYCE 公关经理以 WhatsApp 发了张请柬“通知”我于不够二十四小时内出席一个不知什么的 event，在下顿时“着火”！有感自己有如临时演员被工头“通知”明晚到电视台开工，毕竟对方乃一名女孩，我以较为“客气”之态度表达我的不满，谁知听完对方辩驳简直火上加油。为了女孩的前途，为存厚道不把辩驳内容公开！你可能会问：“你咁‘嬲’（如此生气）为何还要写此文章？”1. 此事无干 Mr. Ackermann 本人，他是名优秀设计师理应向大家推介；2. 出于对这四十多年历史名店的情怀与忧伤，天啊！我是何等怀念 Joyce Ma 年代内人于该店工作时的团队精神，当代的团队精英现在全部各奔前程，对比上一代公关部领导人 Ning Lau 的八面玲珑……我只能慨叹，为何大部分行业总不能“青出于蓝”，而是最不想见到的“一代不如一代”！唉奈何……

贴钱买难受

2012 年始香港给路透社、CNN 等全球各大媒体报道的竟是 DOLCE & GABBANA 怀疑歧视港人，不容港人拍照事件，认真大吉利是！这令我想起多年前在下被严重歧视的个案……

话说我 1999 年首次踏足巴黎香榭丽舍大道 LV 总坛，当年 MARC JACOBS 首季推出男装，于是专诚造访看个究竟。其时尚在用法郎的年代，欧洲经济未如现在惨淡，中国亦未强势崛起。你稍为穿得“企理”（整洁）点，售货员就以为你是日本人。清楚记得店内并非人头涌动，我独自走到男装部“寻宝”，想尝试合心意的款式，三个法国佬售货员爱理不理，我原以为他们英语不佳，才由一位英国籍女售货员为我服务。倾谈之下该女子曾于香港工作，话匣子打开了速入正题，买衫！该女售货员感到我非“混吉”（只看不买）之辈，遂要什么有什么。买了十个 items 左右开始等开单，而埋单过程亦十足法国风格……慢！等候过程中目睹刚才对我爱理不理的三个法国佬用流利法国口音英语招待一位明显为英国人的男士，三人合力招待这位英国绅士，而这位绅士花了十多分钟只买了一对普通袖口纽！接着偶遇同胞赏面认出在下并要求签名，女售货员始招待我到某角落坐下，再问我是何许人？我表明职业后埋单过程加快了，还请我饮了杯咖啡！但这杯咖啡没有令我对此店增加好感，我只想离开，争取时间到下一站。提着两大袋战利品的我刚出门方发现遗下手机，正想折返取回之际，却被门口六尺多高的肥佬保安推出门外，我即时丢下东西用毕生最流利的英语问候其本人及其家人，不久后女售货员出门将手机交还，向我连声道歉后回头跟肥佬保安说了几句法文，肥佬毫无歉意地返回店内，再没出来。这不愉快事件令我十多年来从未再踏入巴黎 LV。可幸 MARC JACOBS 亦只偶有佳作，要买亦宁愿在港买贵 30%，起码条气比较顺（买得开心）！当然，理性告诉我这次经历应属个别事件，并不代表 LV 本身。时至今日，欧洲所有高级消费品几乎只靠华人与俄罗斯人支撑。这种歧视亦应随着所有名店都有几位华人售货员而大大减少。

说回禁拍事件，这些年的经验告诉我观众所看到的画面并不一定是事实之全部 pic...25。当然如若 DOLCE & GABBANA 真有缺失，理应好好交代并道歉；群众亦有权继续表态，然而不应指骂店内或路过的内地游客，因理性表态和集会才是港人应有的权利。但望文章见光之日事情已圆满解决，一团和气过新年！

25 以上情境
对广东道任何商店
都是灾难！
唯一得益的可能是
夏蕙姨无厘头
做了一天日头条！

来自首尔的震撼

在下一向喜欢向读者坦白，今次声明并非自命清高！我一向只喜欢收看美国剧集，五季 *Breaking Bad*（《绝命毒师》）及刚刚播完的 *The Walking Dead*（《行尸走肉》）第四季，我可以连夜通宵翻看，但对于亚洲大热《来自星星的你》，出于陪伴内人的责任只看了一集半。为何是一集半？因为熬到第二集中间闷到入睡！

最近到台北拍摄国语唱片 MV，看见工作人员及拍摄队伍均在讨论该剧。由于 MV 导演金卓先生乃台湾炙手可热的广告导演，他形容该剧之"植入广告"是继 *Sex and the City*（《欲望都市》）之后最成功的例子。由此话题引起在下好奇，上网搜寻后也吓了一跳。MERCEDES · BENZ、B&O 电器？！韩国人一向民族性极强，SAMSUNG 为何只争取到个手机而其他却用欧洲货？而最感兴趣的部分，剧中人之戏服，实在是个非常有趣的异常现象。

大部分的剧集均是全剧杀青，再需一段时间进行后期工作。剪接工作尚可边拍边剪，而特技与配音实在快极有限！《来自星星的你》pic...26 是非常少有之边拍边播作品，其拍摄时间应为去年（2013 年）冬天，所以我推断前期准备工作包括服装指导大概是秋天时分。我留意到饰演男主角都敏俊的金秀贤穿上大量 THOM BROWNE、CDG PLAY 及永远

26《来自星星的你》
在亚洲掀起了一股
"星星热"。

窄身裤，主角不穿大韩出品而穿东瀛品牌已属罕见！千颂伊，秀外慧中的全智贤所穿的戏服更是非常“掭本”(昂贵)，HERMES、CHLOÉ、CÉLINE、GIVENCHY 等才得以配合她于剧中明星的身份。一大堆全是 high-end 品牌，在下绝不相信有可能于短时间内全部获得赞助。所以，我有理由相信是剧组花钱购买而非赞助。

以在下于时装行业的知识，我知道要获得上述随便一个品牌的赞助要经过多少关口才能得以通过。除非阁下是 Angelina Jolie、Jessica Alba 或章子怡等欧洲总部的老外应该知晓，而金秀贤与全智贤相对来说老外绝对陌生。如果只向上述 high-end 品牌借来服装到康城行个红地毯应该问题不大，但借来拍个本来只在韩国本土播出的电视剧基本上可以免问。但我相信世上没有电视台不想得到赞助而要自行花费购买戏服，所以我肯定有关方面一定努力过，只是无功而返！

记得是农历年前的时装周，内人告诉我于欧洲各大品牌的名店，店员见到大量亚洲人拿着全智贤穿过的戏服相片前来询问。闻说时装周完结后，询问情况已严重到品牌总部的老外也意识剧集的威力。由于是边拍边播的关系，于戏中出现过的 S/S 2014 CHLOÉ 手袋和 CÉLINE 春装全被秒杀一空！已经过季的冬装也从仓库被找出来，当然 high-end 品牌不会因为如此异常的一个剧集效应把过季的复刻或加推款式，向前看才是上策。

机会来了，传闻因金秀贤将要入伍服兵役，所以电视台决定于今年底开拍续集。我相信能于戏中出现的一切东西将会接到如雪纷飞之赞助要求。就戏服而言，我所知的已有超过十多个 high-end 品牌向制作单位交上 proposal。最矛盾的应该是 HERMES，千颂伊穿过的爱马仕斗篷全亚洲最后一件陈列于东京成田机场。一向以“企硬”见称的品牌最终还是把陈列品卖掉，而得益的是韩国本土与淘宝上的 A 货！假若全智贤于《来自星星的你 II》中选用在下认为甚为有趣的 HERMES toolbox，这将会成为爱马仕另一场美丽的噩梦……

SHOP AROUND

PHENOMENON
JOYCE
OLWEN FOREST
SIR TOM BAKER,
FINE TAILORING

CHANGE

这是奥巴马于2007年大选时打着的口号，本人印象甚为深刻，因我自觉和美国无甚缘分。我不喜欢美式食物，讨厌大美国主义，第一次婚姻在美国注册终告失败……主要理由，于我而言美国从不是购物的好地方。扎根于美国的品牌只有CHROME HEARTS及RALPH LAUREN我比较喜欢，欧洲品牌在当地标价贵且尺码偏大，所以美国我只视之为工作的地方，旅游可免则免！此情况于奥巴马当选后出现巧妙变化。我从2008年8月到现在（2011年）共到美国公干六次，无独有偶，近年美国相继出现几个我认为水准甚高的品牌。THOM BROWNE、BLACK FLEECE、POLO副线RUGBY及我的至爱TOM FORD。刚巧又遇上自“二战”后最大经济萧条，这几次公干正好见证消费市场这个重灾区的惨况。

2008年8月赌城

雷曼兄弟此时还健在，赌城仍歌舞升平，街上人头涌动，我特意到CHROME HEARTS搜购只有赌城与东京有售的COMME DES GARCONS X CHROME HEARTS T-shirt，人们消费意愿仍然高涨，还不知大限将至。

2009 年 2 月纽约

名店林立的第五大道（Fifth Avenue），冷清程度让我感到美国人内心的恐惧。到达 TOM FORD 总坛，周末下午顾客只在下一人！店员 Samuel 的招待非常周到，提供整瓶 MOET & CHANDON 任我享用 pic...27。衣服改好后加一百美元便可全部空运到舍下，还免掉消费税，我只花了一万七千美元。这花费于当时广东道 LV 来说，自由行朋友所得到的大概是，“请先于门口排队等候……”。

27 TOM FORD 售货员
Samuel 表示，
穿着 TOM FORD 就代表着品牌，
故经常要保持着身段，
这敬业态度我很欣赏。

同年 4 月三藩市

还是一片死寂，BLACK FLEECE 还把过季的衣服当成新货出售！这表示他们对当季销售预测不感乐观。

同年 7 月洛杉矶

得知比弗利山CHANEL有售男装，特意造访。虽遇上半价大优惠，但仍是齐色齐码，任君选择。正当我买兴大发之际，韩籍店员殷切地问我想喝什么，我随便说你有什么我便喝什么，店员尴尬地表示她们什么都没有，要到对面pizza店购买，还问我要否品尝该店闻名的素菜pizza？！我立刻想起电影《风月俏佳人》的情节，原来在比弗利山购物时真的可以吃pizza！

2010 年 11 月纽约

一年多后于感恩节前重游纽约，喜见 H&M x LANVIN 全美开售于两小时内全部售罄，重回 TOM FORD，店员 Samuel 表示货品已开始半价，生意比之前有好转，仍努力找出货品给我购买，我买的虽比之前少，服务依旧殷勤，香槟还是整瓶奉上！

本栏目本应只谈时装不谈政治，我没有仇美心态，只是个人对乔治 · 布什的所作所为极度反感！我亦希望奥巴马能

**28 CHANGE 的态度
体现于第一夫人米歇尔，
于其夫就职典礼上选用
华人设计师 Jason Wu 的作品，
从前的当权者相信不太可能。**

实践他的口号 [pic...28]，美国好一点，全世界都不会再被她拖累……SO，PLEASE MAKE THAT CHANGE ！

纽约快闪四十八小时

重游纽约，天气乍暖还寒犹像春天，这个对在下来说美国唯一不陌生的城市，每次仍有所期望，于 8.5% 消费税的大前提下，我只找到两个理由在此地花费：1. 尺码肥大到要在美国才找到！（庆幸我不是，更希望终生都不是！）2. 香港还未有。要符合第二项条件的，只可能在苏豪区找到。美国人都非常懂得门面包装，苏豪区商店的外观及陈设时常比卖的货品更精彩，这点你必须花时间去逛。

今次被这家 ALL SAINT CO. LTD 吸引住。门口 display 全放满大小不同型号的古董“胜家”（香港著名品牌）衣车，售卖的男装全属洗水、破烂，cutting 更是有别于美国口味的 slim，是英国品牌，难怪甚有 DARK SHADOW 的影子，价码徘徊于皮褛五百美元，牛仔裤一百四十五美元，T-shirt 六十六美元及鞋一百六十五美元等，再加 8.5% 税，是进口货而又卖这价钱的实属不错矣。

相对其他购物区，苏豪的眼镜店并不算多，所以这家名 MODO 的店铺不用太花巧已自然令我注意。主打自家制品牌 ECO，制造物料全为循环再用塑胶及金属。意大利籍店主 Alessandro 笑称自己店铺犹如实验室，喜与不同设计师合作，近期最爱为“Lam Wu Lim”，我表示从未听过！查实是 Derek Lam、Jason Wu 及 Phillip Lim，果真大国崛

29　位于苏豪区
Cafe Habana 的烤玉米，
本人认为是佳品，
滋味犹胜日本与苏梅岛，
是纽约令人怀念的味道。

起，顿感门楣生辉！个人比较喜欢 JASON WU x MODO 系列，贯彻美国设计师的风格，简约中以线条取胜，价码约为二千二百港币，趁还未大热之时应可尽情一试。

若离开苏豪还能找到新东西吗 pic...29 ？困难，第五大道从来只反映品牌受欢迎程度，鲜有见到有品牌是香港没有的，除了 A&F ！闻说该店亦已敲定于中环开业，大概 A&F 亦深明没有“隔篱饭香”效应可能会降温，于是推出新作 HOLLISTER，品牌本身认为 A&F 成功标志着美国东岸人的衣着风格，那就来个西岸吧。西岸不就是冲浪 Tee+ 短裤 + 拖鞋？全中！怎能上得了大台？包装是也，早于去年（2010 年）11 月初冬时已见 HOLLISTER 于第五大道上播着

clubbing music，门口有俊男美女穿着冲浪短裤，男的身怀八块腹肌，女的穿上 bra top，满面阳光地向街外的你微笑！店内散出阵阵怡人香气，令商业的第五大道中的这段显得极不平凡！在下就是被 clubbing music、香气与那有如许志安的八块腹肌吸引了入内。店内所有售货员型格一致，面带笑容跳着舞来招待你，甚为有趣！半年后再游，售卖的货品大同小异（冲浪装又能有多大变化？），但店铺气氛及售货员的水准却依旧高企，还是吸引我转了一圈，我认为是市场定位与品牌包装的一大胜仗。

此行目的实在是纽约大都会博物馆，Alexander McQueen 生平作品展，展出麦昆先生自九十年代到临终前最划时代的作品，机械臂喷射裙、人肉国际象棋，以至 Kate Moss 金字塔 3D 影像全记录，还透视麦昆于每个创作上的心路历程 pic...30。惊叹于他的鬼才之余，更难理解他长久以来对死亡的好奇。展览不准拍照，采用单向潮水式，要不就是停下看个够，想回看敬请从头！于是我行了三次！于博物馆待了六小时仍意犹未尽……

归途是纽约时间 5 月 4 日下午四时半，交通大挤塞，碰巧奥巴马亲临世贸遗址 Grand Zero 向“9·11”死难者献花，我不知这新仇能否补偿旧恨？但我见到纽约人努力从伤痛中活过来，再对比刚看过麦昆个人对死亡的看法，在下于车上已有结论，生命诚可贵，能活着的理应好好珍惜，勇敢面对明天，共勉之！

30 把麦昆的作品展于
大都会博物馆，
楼下是古埃及木乃伊及
中世纪欧洲艺术品，
显然是对
一代宗师的艺术成就除帽致敬，
更多内容可网上搜寻
**Alexander McQueen:
Savage Beauty 2011**。

三藩市淘宝

2011 年到美国演出，不外乎几个城市，大都集中于东西岸附近地区，5 月到过纽约，8 月我到了三藩市，一直对这个城市有着莫名的好感。可真是人夹人，由海关讲起，东岸海关人员虽不至无礼，但一般都板起面孔，笑容欠奉！而每到西岸，不论西雅图、洛杉矶或三藩市，不知是否方位与我的八字合？不论遇上黑白或黄种关员都礼貌周周！知你到来演出还会祝你 good show ！

8 月 11 日，气温 17° C 到 26° C（香港 34° C）。早已锁定此行目标是古着，全因经验告诉我三藩市不是一个买名牌的好地方，托朋友搜集推介当地古着店，手中拿着三个地址上飞机，中午到达酒店，先向酒店查询资料，三个地址其中两间已结业！剩下一间在 Sutter Street，离酒店步行只二十分钟路程，马上出发，结果败兴非常！不是古着店，是二手 JOYCE warehouse，舍下的货比它更为精彩！反而我被隔邻一间名为 WEST COAST LEATHER 皮革店吸引住，橱窗放了几件类似海盗造型的皮长褛，入内查看第一眼见到的是 Johnny Depp 的签名相，对，Johnny Depp 帮衬过，应该不会差得到哪里。成个系列就名为 Pirates，全羊皮黑色拿破仑长褛，售价二千五百美元，剪裁属中上级，以价论货实在买得过，但始终遇着美国买衫问题，size 由 48 起跳，能

**31 三藩市"土产"
WEST COAST LEATHER（女装），
连税六千港币有找。
刀仔锯大树莫过于此！**

否受惠要看阁下体形。但女装皮褛 size 正合在下，且款式中性得很 pic...31 ！

美国服装店很喜欢请客人饮酒，这里是加州红与白酒，半杯白酒后倾多几句，我得到个八折！于是我买了两件中性皮褛、一条皮裤与一件海盗皮褛，我只能说……好抵！（超值）但毕竟是本土制作，店内大概还有半数制品不合我口味，就是那种美国乡谣歌手会穿的皮褛（即歌神许冠杰与许冠英会着的那种），不知是否你那杯茶？

32 Haight Street and Masonic Street 上下三个 block 都是民居，只是中间有五百米的购物区。

我乘机问店员哪里可以找到真正的古着店，她推荐 Haight Street 与 Masonic Street 交界 pic...32，说这里会找到真正三藩市的风格，还窝心（贴心）地说会把我刚买的送回我酒店，那时已是下午四点半，着我赶快过去，因店铺大多七点关门，剩下的半杯白酒喝完我已经"大大哋"（有点醉意）地上的士！

Haight Street 全长大概五百米，MYSTERY MISTER VIN-

33 MYSTERY MISTER VINTAGE CLOTHING
这件外套价值一百四十美元，
我爱不释手，但尺码太大，
老板娘叫我拍张照当买了！

TAGE CLOTHING[pic...33]、GOORIN BROS. HAT SHOP 及售卖自家制 accessory 的 POSITIVELY HAIGHT STREET，货品风格真的很 Johnny Depp，是那种不跟大队，有内涵而不羁的态度。街头卖唱者造型像 Kurt Cobain，令我感到惋惜的，是只得不足三小时，实在意犹未尽！

可能的话，下次我还想在三藩市待上几天，慢慢感受这里的一切。毕竟，自由、共融、不好战的美国还是可爱的。

英伦搜记

5 月初到伦敦欣赏陈奕迅演唱会，看演出为名，一班老友“柴娃娃”（闹哄哄）搞旅行为实。Eason 演出固然精彩，但大伙儿实在各怀鬼胎，男人赶住完演出直奔巴塞罗那看球！女人赶去 Church Street 扫 vintage 平货及行足三日 TOPSHOP ！

在下亦有两个目标：1. 去 Savile Row 做套传统英式西装；2. 买 vintage MONTANA 及 GIANNI VERSACE ！先到 Savile Row，有人示威？！原来是众高级定制店反对于 Savile Row 上开间 A&F ！他们以绅士打扮高举示威牌写着“Give Three-piece A Chance”及“Savile Row Does Not Need You”！又是的，连英国皇族都去做衫之圣地，你开间美国佐丹奴？！此感受等同于中环置地 LV 旁开间桑拿，还写明一百六十八港币全套连推油！众大师们我理解！但业主丢空这么大间铺位，那种痛苦我更能理解……转向 vintage 店进发，出师不利，每每遇着黑店，见你身光颈靓就价钱乱开，例如我看中条八十年代之 CHANEL 颈链，索价二千英镑，同等东西于 ON PEDDER 卖一万九千五百港币，且在英国买 vintage 无得退税！买靓 vintage 还是巴黎好。

败兴之际，与梁汉文行经 Soho 一小巷，发现有间名为 SIR TOM BAKER, FINE TAILORING 的小店，橱窗摆放的西装

www.tombakerlondon.com

34 典型英伦坏孩子，拍摄前还特地问我能否点根烟！

甚具英伦风格，sharp shoulder，收腰笔挺！毕竟西装要穿着上身才知好坏，遂入内查看，招呼的正是 Tom Baker 本人 pic...34。Tom 称自己乃 bespoke tailor（高级量身定

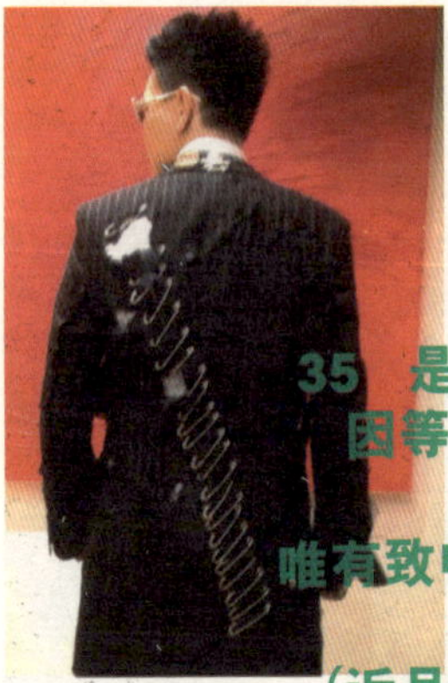

35 是为“打靶系列”。
因等不着 Tom 帮我
修改长短，
唯有致电 852-28916791
找欧小姐。
（近月已有太多人问我
如何找她改衣！）

36 图中人士
对索价五百英镑之
半完成品系列爱不释手，
已拿去做演出之用。
我跟你不用计较啦！

制)，量身定做之余亦有 ready-to-wear（高级成衣)，还售卖 STEPHEN JONES 的帽及 JEFFERY WEST 的靴，我看中套 two-piece 黑色西装连 vest（马甲)，衬里选用桃红色，手工精细且用料上乘，还附上个吉他形金色陀表，索价千五英镑。由于梁兄并非西装友，秒杀了两对靴已于门外吹雪茄等我。得！收到！翌日擅自离队折返，Tom 还以为我要退货，我且问还有什么“笋盘”（超值好货）提供，Tom 即从地库取出多件精品，最精彩的我称之为“打靶系列”pic...35。Tom 先把裁好但未完成的外套拿到郊外，用雷鸣登霰弹枪向衣服发射，由于是霰弹枪，发射距离要拿捏得很准确，否则会成件烂晒！打五件可能才得一件满意，再回去加工修补，发挥创意。Tom 是名 rock 友，会把自己欣赏的摇滚乐手的演唱会后台 pass 缝在衣里，所以每件衫都是 one-off！另一半完成品系列亦甚为有趣，整件衫几乎全弄好，就剩下胸前那块纸口 pic...36。

Tom 本身亦是由 Savile Row 名店 HARDY AMIES 受训出身，满师后于 1996 年在 Soho 开设自家店至今。言谈间他透露有温州人请他到上海开店，但他考虑到自己专长乃 bespoke tailoring 及专做 one-off 的 ready-to-wear，根本很难大量制造，那种优游自得不那么想赚钱的心态，才促使他专心做高级定制服满足正路客，或发挥其坏孩子创意满足我！

英伦再次搜记

今年（2012 年）喜事特别多，喜酒由新加坡喝到伦敦。犹记得今年 4 月走访伦敦，到访一家总部坐落于东伦敦的购物网站 LN-CC，当时吸引在下的是他们引进大量款式中性的女装品牌 HAIDER ACKERMANN，且尺码比我在店铺见过的更大，连好友 Wyman 都能买到心头好，明显是该网站看准 HAIDER ACKERMANN 的中性设计，应该能吸引到一班少量如我的时装精（你亦可以说我等是怪人！），买手的目光是如此独到兼大胆。

要到访该总坛须预约，我姑且抱着尝试心态于晚上发出电邮，翌日早上已得到回复，预约成功！虽然网站贴心地提供以巴士及地铁前往的途径，但由于那次是血拼团，人人抱着分秒必争的心态，我还是选择最快的方法——坐的士。多年的旅游经验告诉我，计程车应该会把我带到一个类似柴湾的地区，幻想我应该很快会见到个类似 JOYCE warehouse 的地方，即灯火通明又没什么装修的货仓。谁知门铃一按，迎面而来的是一股香薰气味，随着 independent music 的带领，我走进了一家设计有如山洞般的 showroom，惊喜非常！时间关系，我只针对目标 HAIDER ACKERMANN，见到款式合意尺码对的就买，结果整个夏天非常满意，因回港后未曾跟人撞过衫。

之后不久该网站的一条广告在香港时装微博圈子内疯传，一万五千英镑的购物礼券加上两张来回伦敦的机票抽奖，广告字用繁体中文字，明显针对华人市场。这表示网上购物已进入了战国时代，LUISAVIAROMA 经多年的经营已成了龙头大哥，但这龙头近两年由于价钱提高到几乎跟香港现货一样，由此已失去吸引力。而由 NET-A-PORTER 演变出来的 MR. PORTER 货品非常沉闷，太隐阵（规矩）到从无惊喜！相比之下，LN-CC 在中间显得非常有个性，它不会售卖较商业的品牌如 DOLCE & GABBANA、BALMAIN 或 GIVENCHY，路线是偏向较为艺术的 DAMIR DOMA、BALENCIAGA、山本耀司等，最商业的品牌只有 RICK OWENS。和其他网站相比，LN-CC 引入同一品牌的数量虽不及人多，但非常精准！

今次（2012 年）8 月到英国决心再次造访 LN-CC 总坛并跟公关对话，接见我的是创办人 John[pic...37] 及处理亚洲事务的华人女孩 Xiao Xiao。我们坐在一个陈列黑胶唱片的房间内进行二十分钟的交谈，我说出了对 LN-CC 的感觉：如果你说 LUISAVIAROMA 是间网上时装百货，我会认为 LN-CC 是间精品店。从服装到售卖以艺术、时装、音乐及摄影为题的书籍，又精选自己喜欢的音乐，由新旧黑胶碟到 CD，再到音响器材，以及清洗衣服的清洁液，它们处处展示着自己的态度。老板 John 表示其实也有留意市场动向，从 2009 年计划到 2010 年正式运作，从不期望自己于短期内能获得丰厚利润，因为自己与团队都抱着“不妥协”

37 我一直强调音乐、艺术与时装乃一脉相承，LN-CC 的创办人 John 和我理念一致！男人工作与行事，态度与坚持至为重要。

的精神，从来只希望找到“啱嘴形”（想法一致）的客人，如果他们过不了自己那关，多商业多能赚钱的品牌也坚持不引进！

好一句“不妥协”！绝少出于生意人的口。不如你登上网站一看，自行定夺他们是在搞生意还是在搞艺术，反正，本人极为欣赏……

巴黎搜记

所谓“来得安去也写意”！在下去旅游之前很少对想去的地方做太多的资料搜集，人家的感受并不代表我个人观感。我相信缘，如果我和这个地方有缘分，感受自然不同。

对上一次体验是去年（2012 年）于伦敦寻找古着时发生，好友 Johanna Ho 介绍一所名为 RELLIK 的古着店，还有 google map 都不用，手绘一张地图给我，告诉我于哪里下车行过去，行经 Portobello Road 及 Notting Hill 等等，心想沿途应该风光无限，于是特意花一个下午过去探索。的确，有趣的商店不少，还于 Portobello Road 经过一间门口标明 unique vintage clothes & accessories 的店铺，我被门口摆放的几条中古 CHANEL 颈链吸引入内，一问之下怎么可能比香港 ON PEDDER 卖得还要贵，店员不断吹嘘上周 Madonna 和谁一起来过……我感到此地不宜久留！于是直去朋友介绍的 RELLIK，反而实在地以一百二十五英镑买到件中古 GIANNI VERSACE 恤衫。回港上搜索器一打 London Vintage Shop，RELLIK 与 Portobello 那间黑店同属推介的前十名！更加印证网上的资讯只可借鉴，不能尽信。

一直知道香港所售的名牌中古首饰货源都来自一间名为 OLWEN FOREST 的小铺，此店位于巴黎著名跳蚤市场 Marche aux puces Saint-Ouen，内人多年前曾到访过，对跳蚤市场本身印象不错，但对外围环境非常反感，我的发型师上网订到七十五欧元一晚酒店也不敢外出！地点位于巴黎第十八区，负责接载我们的香港人司机 Kevin，移居巴黎廿年，形容十八区等同香港币朗或天水围，好奇心告诉自己，此地应该非常有趣；另一边理性却告诉自己要格外小心，因巴黎现在的扒手实在猖獗得连罗浮宫二百多名员工也历史性地罢工一天向政府施压，力求加强打击，于是决定于离开巴黎的一天，中午车子途经时过去看个究竟。

司机 Kevin 知道我们主要想到小店 OLWEN FOREST，车子直达一个入口叫 Stand: Paul Bert，说这入口离小店最近，把我们放下后过去把可怜不敢外出的发型师接了过来。确实，如果你真的喜欢六十、七十或八十年代的中古首饰，这家以女店主本人命名的五百尺小店确是一个宝库 pic...38，选了两条保存完好的八十年代 CHANEL 珠链，手工实在比现今的精细，两条链开价三千欧元，杀价到二千六，如付现金二千四，折合二万三千港币左右，在香港两万三应该可以于 ON PEDDER 买到一条，立即掏尽身上现金成交。由于时间关系赶快于市场转了一大圈，发型师也不敢相信在如此混杂地区当中有这样一个富有艺术气息之地，各种古董及前卫家具店、古董服装店及露天茶座等，正是电影中我们看到的法国，下次到巴黎决定把行程改动首天先到这里，不过还是需要格外小心……

38 老板娘 Olwen Forest
其实非常好客。
本身是英国人，喜欢各类型音乐。
因嫁给当演员的法国先夫而移居巴黎，
是个有故事的人。
可惜时间不多不能久留，
下次有机会才回答你
我对华人音乐的看法！

守得云开见月明

2013 年 8 月初的某个下午，见母亲大人于露台发呆，我随口一句：“苏太咁闷，不如同你返新加坡住几日啦。”怎知我尾音还未完，苏太已插嘴曰：“又新加坡！去日本啦！”我即时反应不过来。“又得啫，反正系纳闷想找点刺激，日本咪日本！”（“又好呀，反正是闷想找点刺激，日本就日本！”）

即和内人商量，原来内人早已想带其母亲游日本，实在巧得厉害，于是由 book 机位、酒店四十八小时内完成，贯彻我妈之爽快。毕竟与老人家旅行总不能像我与内人每日每天睡到自然醒至想想今日想去南青山定六本木，长辈的旅游应由早餐开始。怎么写了一半仍和时装没甚关系？无办法！头站京都是日本第四大城市，同时亦是个时装死城，高岛屋、0101 是有的，但不行也罢，竟然发现消失于本港已久的大丸百货，发现内藏 THE CONTEMPORARY FIX、川久保玲等。但乡下还是乡下，同是那个品牌的东西你是买不下手的。UNITED ARROWS 内又暗藏一角 CHROME HEARTS，妙想天开地以为在外头找不到的精品这里可能会有，醒吧！你休想。内人过去查看一只价值六十万港币的金戒指，三个女人（包括我妈和女友阿妈）均表示：为何那么像周生生！大件事！怎么 CHROME HEARTS 金戒指出现于京都大丸百货会变了周生生？还是速回东京为上。

老人家非常细心，知道我俩逛街时便会没日没夜，一天陪我们逛百货公司（百货公司有 coffee shop，不想逛时便可坐一会儿），第二天我妈自己想一个人于涩谷漫步，八时晚饭见！如此通气之老人你真的应该把她当宝贝！

百货公司伊势丹男馆女馆已做到上了轨道，就男馆而言，整体无一次令我失望过。一个男人由朝到晚需要的东西，你可以于此处找到最精致的，但请不要看价钱，我不知道什么人会用到六万日元一个衣架，但这衣架真的精致得很。衫裤鞋袜该店买手成功掌握客人多年口味，很难错得了，只待惊喜的发生。刚在转季的时候，我不会判断是成功与否，但世上总有挑战者！银座阪急百货，同样走男馆女馆，而内人从那些公司订单就知道他们有没有发力的意图，阪急男馆绝对想发力！我先不论货品，阪急百货的餐馆与咖啡室和伊势丹比，水准还差得远，所以我发现到伊势丹的客人年纪较大，消费力亦相对较强，可能阪急想走年轻人方向，年月下来会告诉我成功与否，不要像 0101、涩谷 109 等每况愈下，总有些顽童想挑战大人的，这家开于 MIDTOWN 的 RESTIR，摆明就想做 COLETTE，地下先来一堆古怪电器，像银色八爪鱼的扬声器接 iPod、黑色足球原来是风扇等。有 DJ 台准备随时 party，又如何？一切有形无实，在日本很难见到售货员脸如死灰，这里却周围都系！

旅游东京近廿年，今次首先经济上吸引了我和娘亲来了，还见到一个不死品牌 LAFORET 对面开了近十七年的

39 东京的这间 L.H.P 仍在。

男装店 L.H.P 仍屹立不倒 pic...39。记得 1996 年我第一件 DSQUARED2 是在 L.H.P 买的，今日外国货极少，换上品质设计均属优秀的自家制品，本地品牌大力催谷（推销）JULIUS。这十多年来里，原宿，翻天覆地，我是认真地想知道 L.H.P 凭什么能耐在这风雨飘摇的时势仍坚固地扎根里原宿。

南青山沦陷

我的飞人生活，由（2010年）9月22日开始，广西→温哥华→东京→新加坡→厦门→上海再回新加坡，整整一个月待港不足六天。题目是《南青山沦陷》，为何看似针对东京？非因领土问题，钓鱼岛是我们的领土乃不争事实，然而，日本零售业陷入严重困境亦是不容否认。

面对九百五十港币兑一万日元的疯狂历史新高，时装精如我，对一切事物也冷静异常。到达南青山前抬头仰望，怎么半年前已空置的广告板到现在仍然空置？！已心感不祥！先右转入名店 THE CONTEMPORARY FIX，本人对此店印象甚佳，犹记半年前七百二十港币兑一万日元时，于此地为队友入了不少佳品；今季却已转为主打 JEREMY SCOTT x ADIDAS、VINTI ANDREWS 及内地富二代至爱的 MASTERMIND，新意欠奉，失望而回！

进入南青山，先到 LOVELESS，据闻此店买手离队自立 THE CONTEMPORARY FIX 后货品一直一蹶不振，半年前亲自检视确是不济！心想，货是死的，人是生的，另聘高明再请买手不就是了？谁知每况愈下，今季外购主打平版 THOM BROWNE，再自家制翻版日式 THOM BROWNE（即 XXS 超短剪裁套装），再加上骷髅头做标志。卖正版同时自制老翻已令我不明所以，乐此不疲地运用已过时的

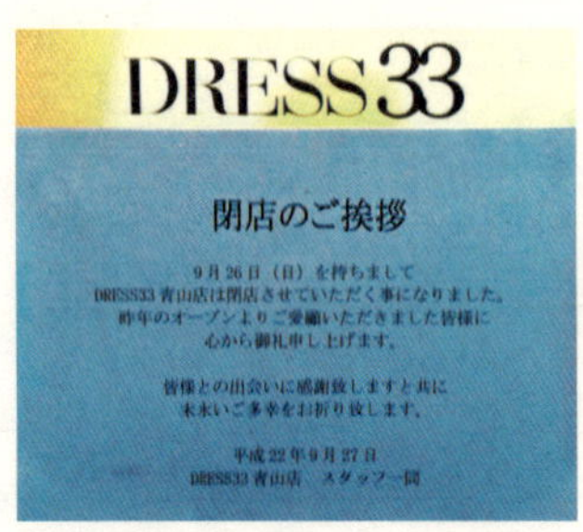

40　原 DRESS 33 设计师已转为专攻运动服装。

骷髅头元素更反映出掌舵人仍沉醉于八年前捧红了 MASTERMIND 的回忆，一代名店，如此不思进取，实在令人无言以对。

步出对面马路发现 COMME DES GARCONS 到 PRADA 中间五所店铺包括 CARTIER 刚关门大吉，再转入 CORSO COMO 毗邻 Y-3 中间有三间“吉”铺，DRESS 33 早于 9 月 26 日结业 pic...40，这已有心理准备。但 A BATHING APE 附近几间铺位半年前一直空置至今！你能想象云咸街雪厂街有三分之一店铺是空置的话会是何等萧条？南青山现在死气沉沉，能守得住的恐怕只有两大实力派

41 HMV 全面撤离日本，对该国音乐界震撼等同汇丰撤出香港，现只剩破灯牌仍高挂涩谷。

——川久保玲与山本耀司。日本经济已差了廿年，九年撤换六任首相你还能说这国家没问题吗？基本上我认为日本人一直死撑，能骗自己之时还是希望一直蒙骗自己，如今目睹南青山惨况，纸已包不住火矣[pic...41]！

回到表参道山商场，商场 10 月宣传标语是简体字“欢迎”及“您好”，但我于露天茶座待了九十分钟，找不到一个同胞。同胞非常易认，通常人未到已听到高声先到的北方普通话，再加上用霓虹灯闪出来的“欢迎使用银联卡”。但在这个黄金周商场方面表错了情，周围静得可怕！

此行唯一想造访的品牌是 PHENOMENON[pic...42]，总坛坐

42　PHENOMENON
是个人近期至爱。

43　器材虽不知能否使用，
仍非常欣赏设计师的态度。

落神宫前四丁目，作品成熟，富有日籍设计师的玩味与朝气，颜色运用对比强烈且准确。最重要是，你不需一身极瘦身形仍能穿出它的神韵，是个人近期至爱，在此日元高企之时，价钱其实和香港 I.T 售价相若，要买不如在港消费。令在下最感兴趣的是店铺分上下两层，衣服都放楼上，楼下用大片空间整齐摆放大量中古专业录音器材 pic...43，去之前未及对设计师 Takeshi Osumi 做深入了解，但此举已贯彻我的理念，音乐与时装永远一脉相承。

此行重点其实是音乐，初夏之时得知安全地带（乐队）访港之日正是吾等于广西演出之时，幸得老友李先生安排，日本方面演出公司热情接待，得以见证玉置浩二先生 10 月 5 日晚“安全”登陆武道馆，大概武道馆乃乐坛圣地，不容有失。玉置先生与其队友是晚演出仍安全得很，只是 key 全部降了半度！岁月催人，希望我等离要降 key 演出之日有多远得多远！队友们，戒烟请早，莫迟疑……

哪里会是个天堂

如果你是八〇后，应该记得 1992 年有首电视热播的广告歌，由吴国敬主唱，“哪里会是个天堂——新加坡，那里满载愉快笑容——多欢笑”，此广告乃新加坡政府宣传并吸纳香港移民之用。当年在下正值学习音乐制作期，于录音室跟头跟尾，有幸参与此曲制作，其时对新加坡一无所知，直至 1999 年移民潮已过，我却在当地开展生命中第一段婚姻，任凭新加坡食物如何美味，如何人杰地灵，随着婚姻失败理应天堂变地狱，过其门而不入。但我没有，九年来依然每年起码到新加坡两次，原因你应该猜到，对！新加坡是另一个时装天堂。

如阁下是 VISVIM 或 NEIGHBORHOOD 的粉丝，新加坡对你来说应不是好地方，因当地其实只存在非常成熟的 high-end 时装市场。经多年的思考，新加坡虽是个民风淳朴之地，但由于热带人的热情，时装人还是非常极端地将时尚进行到底。最重要是相对香港，当地买手胆量实在大得多，十多年来亲身体验多次。

新加坡时装龙头集团 Club 21[pic...44]，本人认为是亚洲其中最成功的一家时装集团，世界顶尖品牌尽在其中。总坛多年来坐落于四季酒店，亦可能由于酒店游客多，所以长年均 30° C 以上的国家，秋冬竟发售 MONCLER Gamme Bleu

44 十二年来经历二十四个寒暑
我从未缺席，从来不变的
装修与它的时尚敏锐似乎起不了冲突！
售货员多年来仍是那几位，
只是伴我购物的人换了又换，
但愿余生也只有现在这位。

羽绒，又或 shearling 皮褛，甚至皮草！初次体验是 1999 年春天，当年 COMME DES GARCONS 推出经典设计，把 ruffle（褶裥）藏于西装内里。其时坐落九号 GALLERIA 的 JOYCE 只进了几件，且我认为是全个系列最搔不及痒处的几件。Club 21 却几乎有齐整个 collection ！自此对此店刮目相看，及后多次，惊喜仍历历在目。

2000 年由 Jil Sander 主理的首季 BURBERRY PRORSUM，香港仍遍寻不获，我又在 Club 21 买到；同年首次由 Hedi Slimane 操刀的 YSL 男装，2003 年首季 BALENCIAGA 男装等从不落后于人，近年由于香港几大时装集团拼个你死我活，已没有什么好品牌被走漏了眼，但相对本地买手的口味，新加坡的显然仍辛辣得多 pic...45。例如现在的过街老鼠 JOHN GALLIANO，2003 年首度推出 signature 报纸花男装，香港只有 T-shirt，我却买到裤！RICK OWENS 皮褛我买过橙色的，香港从来只有黑、灰，最近有啡！ MASTERMIND 牛仔裤原来有黄、紫及粉红色，香港却从来只有黑、蓝、灰……精彩吧！这些我都在 Club 21 买到。

最近一次重游是农历新年，重点搜购目标乃 HAIDER ACKERMANN，仍有 30% 以上和香港不同并出色，唯一一点输给连卡佛，它们没有进口鞋，鞋履部分一向是它们较弱的一项。

今次又有新发现，以往 Club 21 专为售卖副线品牌如 D&G 所开设的店铺名为 Blackjack，现已改名为 Club 21b，售卖的是 ZUCCA、JULIUS 及 MERCIBEAUCOUP 等日本潮牌，

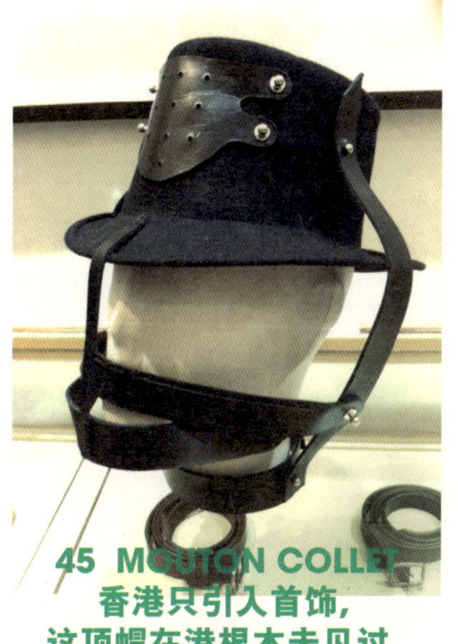

45 MOUTON COLLET
香港只引入首饰，
这顶帽在港根本未见过，
也明了买手心态，应该只有
草蜢或 Wyman 会买，
偏偏 Club 21 大胆地进了五顶，
相中乃卖剩的最后一顶。
新加坡，问你服未？

相信试图打开 high-end 以外的 street fashion 路向。随着乌节路大型商场 ION 的开业，毗邻的老牌商场如 PARAGON，甚至港人熟悉的文华酒店商场都重新装修并注入新品牌以迎接 ION 的挑战及我国自由行大军。其实要写新加坡购物攻略，我起码可以再写两期，来日方长，反正今年（2011 年）已订下重游之日，还望下次执笔之时已脱离六百港币兑换一百坡币的历史高位。唉！美元真"累"（连累）街坊……

美丽宝岛的污点

在下于 1995 年进入台湾市场，一直感觉台湾人友善与民风淳朴。纵然我于当地犯下弥天大错，当我接受完当地司法程序后再次踏足台北，于进入海关办完入境手续后，该位海关人员竟亲切地和我说：“苏先生，欢迎你回来！”令我感到台湾人实在充满人情味。但毕竟树大有枯枝，最近终于遇上宝岛的污点。

不快经历由我的好友发型师 Andy 黄国镇告之，大安路一段东丰街有间由一名年轻富二代开设的店铺，售卖大量 RICK OWENS 产品，以前价钱也偏高，但今年不知为何把售价大为降低。我因好奇心驱使下到该店一看，大概八百尺的店铺售卖 RICK OWENS 与 DARK SHADOW 已占 60%，其余是一些不知名的男装，全属欧洲货。当日富二代店主不在，之前老友 Andy 已告诉该店主的一些负面传闻，在下不以为意，我心想管他什么传闻，买衣服而已。Andy 说该店规矩是购物满十五万台币会有 10% 折扣，三十万台币则有 20%，并为期一年，其实和一般服装店规则雷同也合理。

时为今年（2014 年）3 月中旬，新货刚到不久，一双 RICK OWENS 球鞋我记得香港 JOYCE 要售八千六百港币，该店不打折只售二万六千台币，相当为六千四百港币，就算在下一直享有八折，也较香港便宜，店员也“再次”强调该店的折扣优惠！于是买兴大发，因为在下早于 1 月尾在伦敦参加 Dr. Eason Chan 大学颁授仪式时已在当地买下，又在刚给意大利财团收购的 LN-CC 网站订了很多衣服，所以目的为 Big Four 队友入货的动机居多，而事实那些不知名欧洲品牌有些非常适合梁汉文，在选购过程中我发现少许异象，RICK OWENS 鞋类产品竟然全部齐码，衣服虽则刚开季但很多 size 已断码，size 44 后就是 50，没有 46 和 48，向店员查询答案是货未到齐？不合理！货未到齐一就是全部未到，怎会只有两个 size？终于全部选了给自己和队友的合共二十三万台币。我请店员把货留起之后离开，心想还差不了多少就三十万台币，约为七万七千港币，才刚开季一定能买够三十万台币。于是我请 Andy 致电店主，打算先刷三十万台币，用八折把二十三万台币衣服先带走，反正今年会多次往返台北，定能超额完成。

翌日，Andy 告之店主想跟我见面，我怀着交个时装朋友的心态赴会，交友第一眼感觉很重要。一眼就看出店主为 RICK OWENS fans，一头长而直的头发且露出双臂，Rick Owens 本尊之招牌打扮但全身白色！亦没有像 Rick 努力健身且面色苍白，不是 G-DRAGON 的气质，我心头冒出三个字“白无常”！我向他表达先刷三十万台币的想法，他立时打断我的话说八折是三十五万台币！我顿时给他打住了，Andy 就说一直都知道是三十万台币就八折，怎会立时改变？“白无常”低头几秒然后说：“我们店有个门槛，就是买够五十万台币可享有永久八折！”我与 Andy 相视哈

46 如我当日堕入“白无常”的陷阱，可以肯定等同那些骗女人的美容瘦身黑店，付了款入局后明明货品就放于眼前，答案是对不起有客人预留了！我才不上你的贼船……

哈大笑然后起步离开，他从后追上说自己在 RICK OWENS showroom 要什么有什么，且看 show 坐第一排……

Andy 在台湾发型界地位属大师级，他非常气愤表示一个不知名客人与郭台铭夫人找他剪发，只会划一收费，绝不衡量客人而开价！作为时尚界一分子，他觉得“白无常”简直是业界耻辱 pic...46。我的看法较简单，如若“白无常”不知回头是岸，其店于两三年内不关门我改跟你姓“白”，讲完！

台湾真的是 DEAD MARKET?

台北，曾经是我付出最多时间开发的音乐市场，九十年代台湾吹所谓的“港星风”，当年的港产电影，资金几乎全部来自台湾，造就了几位演员在台湾红得发紫，女的代表是“沈太”邱淑贞，男的非刘德华太平绅士莫属。

当时台湾如果没有港星的冲击，根本没有演员与歌手开始重视包装。当年台湾流行所谓的“打歌服”，理念是每一次演出（尤其是新人）都穿同一套衫唱主打歌，好让观众对歌手与歌曲留下印象。其实所有打歌服都是大同小异，观众又怎能有印象？连巨星周华健都有穿着一套白色西装打歌打足两个月，这套西装就跟身两个月，到最后根本已经变了灰色……

其实你要他们去买亦困难，我每到一个地方也会探索当地有什么时装品牌。1995 年 JOYCE 还在远企饭店旁的商店内营业，但入的货与香港口味大大不同！那里也有 GUCCI 与 PRADA，但能穿得入型入格的本土艺人实在不多，只有一位女主播穿得恰到好处，后来我跟这位女主播拍了半年拖！还有一间叫小雅的时装店，位处忠孝东路后面，卖 VIVIENNE WESTWOOD 与一些不流行的欧洲品牌。

到 1997 年金融风暴，小雅与 JOYCE 相继关门大吉，情况更见恶劣。到 1998 年民进党上台，大力鼓吹台湾原住民文化，动力火车、张惠妹等原住民歌手被媒体大力吹捧，莫说娱乐界，社会营商也起了很大变化。

台湾有二千多万人口，就台北来说社区规划非常不完善，忠孝东路是全台北最旺的街道，你可尝试“是但”（随便）找一条横街入内看看，你会惊讶一些四五十年代至上百年的建筑物，还有人居住或仍在营商，每当遇到台风或地震的时候，这些问题更见严重。现在台北的地标 101 信义区，二十年前是烂地一块，如今台北市政府锐意把它打造成金融、商业、娱乐、购物及酒店区 pic...47。一些富豪早年已看准了政府发展，用超低价于该区大购土地，现在赚了不知多少！你大力发展购物，商场当然就希望有好的品牌能进入，我的台湾发型师 Andy，就是因为零租金的优惠把从原本于忠孝东路的 salon 搬到信义区，他那个商场地铺有 HERMES、GIORGIO ARMANI 及 BOTTEGA VENETA，相信条件也大同小异。

犹记 101 那年开业，标榜有 DSQUARED2、DIOR 及 DOLCE & GABBANA 等名店支撑，结果不知什么原委，DOLCE & GABBANA 去年（2012 年）宣布全部撤出台湾。我的老友发型师 Andy 从零开始打拼到今天，他最清楚，台湾人基本朴素，不存在“碌爆卡”（刷爆信用卡）都要买名牌的人，新生代不哈日就哈韩，可以出去忠孝东路小服装店或 DIY 自己搞掂，如我这种男性时装精根本不存在。那即是说主要时装顾客都是女性，有钱的坐一小时飞机来香港购物

47 台北市容鸟瞰

好过在台湾要付购物税！

现在于诚品书店地下有两家超小型 multi-brand store —— 团团和 CLUB DESIGNER 用打游击的方法经营，进的东西也尚算不错；台湾著名百货公司微风广场也快要开业，也在烦恼如何找有分量的品牌进驻。我也希望起码能回到我刚进入台湾的时候，各牌子百花齐放的岁月，而不是时装人口中的 dead market……

如果香港没有 JOYCE……

香港每位时装爱好者，无论是什么年纪，对这家标志着时尚、优雅高贵的时装店，总有着个人的回忆。我虽是六〇后，但由于并非出自富裕家庭，对 JOYCE 的记忆要始自八十年代中期才开始。

庆幸自己出身自华星新秀，华星当年主将乃梅姐、哥哥、罗文及开山形象指导——我最尊敬的前辈 Eddie（刘培基）。观乎阵容，你可想象其时华星的贪靓风气是何等浓烈。常见巨星们出场服装是如何高贵及令人惊喜，闻说大都购自 JOYCE，对这家名店已有无限遐想，但对当年月入不过二千的我，还是过其门而不敢入。

衷心感谢任达华先生，其时华哥乃当代潮人代表，众所周知其性格平易近人。他还记得我于拍戏时多番向他讨教有关时装的问题，遂于 1987 年秋天，由华哥带领下首次踏足置地广场三楼的 JOYCE，记忆当时看着他一套套秋装试上身，而我就像刘姥姥入大观园。终于咬紧牙关，用父亲的附属卡，买了条减至底价的山本耀司蓝色西裤，size 还有点大！价值三百大元，自此回不了头。

记得 1989 年于文华酒店一楼的 JOYCE 男装店 pic...48，其时真正是穷风流，收入仍只能等到季尾减价才买得起。当时店员都是年轻人，也不介意你只试不买，仍好心

48 当日的年轻店员，
今日都成了管理层，
再遇时也同声怀念这家
曾坐落于旧文华的老店。
（Special thanks to Ling Lau @ JOYCE）

相告何时减价，自此开始陆续买到人生第一件 COMME DES GARCONS、DOLCE & GABBANA、ROMEO GIGLI、BYBLOS 及至今仍认为是经典的 THIERRY MUGLER。

之后男装再搬到现址隔邻地库，即现在渣打银行楼下，门口那道由欧洲运回来的古铜大闸至今仍深印脑海，当时男

**49 位于巴黎
Jardins du Palais Royal 的
JOYCE，经常展出焦点设计师的作品，
艺术气息非常浓厚。**

装部还有专属纸袋列明 JOYCE MEN。到九十年代中期皇后大道中九号 GALLERIA，JOYCE CAFE 的菜肉馄饨，FLORIST 的太阳花及第一件 PRADA 蓝色毛衣，见证着金融风暴的来临及彭定康的离去。

有着这些精彩回忆，还是感谢时装女皇 Joyce Ma，以上提及的牌子都由她一手引入，没有她的高瞻远瞩，我相信香港时装触觉不会有现在敏锐 pic...49。与她共事过的人说，欧洲许多大型品牌会因为马太正在赶来而延迟“开骚”（开始时装秀）。她到退休前还会不断穿梭所有大小 showroom，并给予很多意见，众设计师们均洗耳恭听，还会有兴趣去时装展，不断发掘新事物。我身边有密友说自己很荣幸曾有机会跟随马太学习，就像我很骄傲地告诉你我等是跟梅艳芳出身的。Joyce Ma 在全球时装界以华人来说，绝对是前无古人，不知后有没有来者？

这家四十年老店没有因为马太退休而停滞，相反我认为现在定位更见清晰。个人特别欣赏近年太古广场 JOYCE 之年轻化及实验性，饰物及鞋履常有惊喜，此举大力平衡其余两店给人高雅至高不可攀的感觉。

如果香港没有 JOYCE，购物天堂的排位可能会落后，至少时装部分必定会，我更可能有钱买多层楼！

楼上有“笋盘”

近年时装行业渐渐流行“楼上铺”，最成功莫过于我好友徐濠萦所创立的LIGER，一对MBT已令她与一般货色拉开，成为楼上铺之冠。而集中于百德新街一带的楼上铺，恕我直言，货品根本未入流！难道真的没有“笋盘”(超值好货)？！有，但不多，我认为只有两家值得推荐……

由Keith与Johnson组成，位于星光行十六楼的ULTRASOUND BOOTS，代理品牌有WHITE'S BOOTS，常青时装爬山鞋VIBRAM，以及东瀛biker达人北原哲夫之最爱、去年（2011年）秋天与NEIGHBORHOOD crossover（跨界合作）即声名大噪的WESCO。此店灯光柔和，舒服简洁，有大量现货陈列。实际点，最吸引还是价钱。VIBRAM于日本入门价约为九万多日元，折合九千多港币，此处卖四千五百港币有找！去年与NEIGHBORHOOD crossover同款同型号的WESCO（其实只于鞋上加上品牌标签而已！)，现仍于专门店索价一万八千九百港币，由去年秋天放到现在（2012年）仍无人问津！同型同款一双鞋，只是非crossover之作而已，又系四千五百港币有找，价钱低于日本一倍以上，难怪有日本人专程到此购物 pic...50。最有趣的是这里还有定制服务，有点像NIKEiD，你可自行进行皮革、颜色配搭，例如在下不喜欢爬山鞋有踭（鞋跟）便将之改成

50 左边是定制的
鳄鱼皮爬山鞋，
由落订至到手大概六至八星期，
与右边的 WESCO 和
NEIGHBORHOOD crossover 型号
完全一样，除非阁下与钱有仇，
否则我想不通何解要
多花一万四千四百港币买
NEIGHBORHOOD ?!

51 由 TOM FORD 到 size 42 的女装 CHANEL 一样难不倒的欧小姐！

平底。VIBRAM 还有一些 luxury 系列，以鳄鱼皮为材料，日本起标价为十七万日元，此处明码实价九千三百八十港币。左配右搭之下可能要在此花上一小时以上，所以店内设有高级胆机 HI-FI、红酒柜及乔治 · 克鲁尼咖啡机供客人享用，店主形容为“以鞋会友”！在下认为楼上铺特有的人性化莫过于此，值得推介！

我常在此透露我喜欢海外购物，但购自外地 size 较大的衣服我会如何处理？欧小姐，一位我信靠多年的改衣师傅一直支持我。我由已仙游的欧老先生开始帮衬十多年，早由客户升华为朋友关系 pic...51。欧小姐和她的团队精通改衣，将衣服由 size 50 改到 size 46 足足两个码，对她们而言可谓小事一桩！改小两个码等同将衣服拆开再裁过，因此大部分时装店根本“睬你都傻”（理睬你才傻）！我试过于 LV 买了件毛衣却嫌衫身太阔，欧小姐将针织毛衣改装到连 LV 也甘拜下风的地步！其实他们最大客户乃 KENT & CURWEN、BROOKS BROTHERS 及 BURBERRY。就连 size 42 的女装 CÉLINE 及 CHANEL，她们都可把肩膀腋下的位置改阔以迎合我的身形，没有足够经验怎能做到？一套需拆开裁过的西装收费一千二百港币，不算平，但当你见到改装后的合身程度，你会觉得值回票价！现欧小姐正对青黄不接的状况困扰不已，我衷心希望她能够培训到新一代接班人，否则几年后便少一个人令我继续穿得一丝不苟！

刀仔锯大树

过往的文章谈的大都是高级消费品，有人认为我只会买名牌。非也，如你细心研究，你会发现我系喜欢买靓衫，而非一定名牌！只是香港找又平又靓的衣服相对海外实在较少，是少，不是没有。

首选美华氏（如果你接受古着的话），在九十年代，本港尚有两三间比较好的古着店，年月下来剩下的就只有美华氏。其实古着变化不大，牛仔裤（百多港币）、polo 恤衫（一百港币）及皮褛（七百港币起跳），以及一些军事色彩比较浓厚的衣服。军事乃近十年时装出现得最频繁的元素，能否配衬要看阁下眼光。古着一般尺码偏大，美华氏附设现场改衣服务，简单的长短可即时处理，较为细致的收窄需两三天，收费百多港币，尚算合理。由于店主 John 每年会到 Texas 入一次货，一货柜回来的东西有一定数量不是完美的，于是 2003 年开始尝试玩 MARTIN MARGIELA 式拆开重组。这件皮褛双袖拿掉换上雪柄冷衫袖，那件牛仔褛衫身保留换上皮褛双袖。自家制玩出个名堂 FIRST EDITION[pic...52]，皮褛、外套及西装价格一律二千港币有找。当 DOUBLE RL 卖到过万元一件外套时，我实在觉得美华氏是个乐园[pic...53]。由于货品都来自得州（得克萨斯州），少不了牛仔元素。牛仔靴后的马刺，恤衫领尖上的金属扣是由跳蚤市场搜集回来。做

52 拆开重组的 FIRST EDITION，只此一件，价值数百港币，现已放于家中。

53　左边的是 BALMAIN，
价值二万六千四百港币。
右边购自美华氏，
价值一千九百八十港币。
手臂上的徽章是我加上去的，
价值一百三十港币。
如一个月前先到美华氏而不是 JOYCE，
BALMAIN 现在
应该不会出现于舍下！

styling 的人会垂涎，先买回家日后一定派上用场。（恤衫领尖金属扣于快将推出之 H&M × VERSACE 系列中已见大量使用！）

除古着外，还有其他选择吗？当然 ZARA 及 H&M 在一众打工仔能力负担的价钱下做出许多贡献，但我一直认为于开心价上持续保持水准的非 UNIQLO 莫属。前年代表作是袜，去年是樽领衫。普通的一百九十九港币，质料较近 cashmere（山羊绒）的五百九十九港币。且胜在颜色够潮选择多。四百九十九港币一件羽绒为何要找黄宗泽和高圆圆卖广告？我亲自去利舞台看过，很轻，说实话香港的寒冷还可以抵挡，出国免问，查实以价论货已算不错，颜色更有十种以上。格仔恤衫一百九十九港币，袜七十九港币三对，牛仔裤二百九十九港币。其质料、颜色配搭之多及价钱都是超水准的。

多年没去过曾是香港人骄傲的 ESPRIT，今次吸引重游的并非货品，是其新闻，曾令一众股民赚过大钱的思捷环球盈利大倒退，入内一看便知究竟。厚道点来说，不值！款式方面……算了吧！

面对楼上 UNIQLO 实在相形见绌，年底（2011 年）GAP 与 A&F 登陆香港，ESPRIT 要面临的恐怕是另一场瘟疫。曾领风骚又如何？任何行业也离不开不进则退的定律。

好顾客与坏顾客

抚心自问，我是否一个好客人？我有个肯定的答案：绝对不是！至少对时装从业者来说是肯定的。我是条娱乐圈少见的西装友，有铺买西装瘾，由早年川久保玲大战山本耀司及三宅一生，再 DOLCE & GABBANA、ROMEO GIGLI、PRADA、GUCCI、YSL，到《壹号皇庭》年代 GIORGIO ARMANI 之后 DIOR HOMME，以至近年 GIVENCHY、CHANEL HOMME 及至爱的 TOM FORD，还疯到因为怕撞衫把设计等同男装的大码 CÉLINE 及 HAIDER ACKERMANN 也买下，一直在自己可以接受的范围内跳来跳去！对一间 multi-brand store 如 JOYCE 或连卡佛来说，我这类人尚可接受，起码我怎样跳也是在贵宝号中可选到心头好，但对 mono-brand store（即单一品牌专门店）来说，我这种绝对是坏客人！

套用一句风月场所的用语："人客水流柴，个个花心。"幸好我的花心"现在"只于时装上而绝非感情世界，不然某周刊早封我为世纪贱男！那 mono-brand 应怎样经营？当然要有班死忠顾客才得以支持，在下闻说过两个案例：例一，消息来自 ERMENEGILDO ZEGNA，众所周知此乃 high-end 西装品牌，话说有位 IFC（国际金融中心）楼上国际金融公司的巨贾入内有礼地直言："我不懂衬衫，但因工作关系我需要整齐醒神，请你按照我的尺码帮我衬好十套西装、恤衫连领带。”埋单七位数字！店铺从此得到该客人信任，每季自动奉上七位数字生意。例二，情况和例一雷同，不过事件发生在金钟LV，操北方普通话的大汉跟服务员表示：“我只用你这个品牌，从衣服、手表、鞋履、皮带到行李箱，我相信你，你帮我处理就是了，我只有一个要求，颜色不能太花巧！”如是服务员得到该大汉信任，数年下来平均三个月来港一次，每次埋单数十万！你说以上这些顾客对专门店来说是否属于超级VIP？

7月中JOYCE做了个秋冬trunk show（非公开的时装秀），地点选址非常特别，是北角新光戏院，已属老朋友的售货员表示最好下午四时后过来，我当然明白个中原因。早上孩子于名校上学的母亲送完爱儿上课后即飞车到场地血拼。而午饭后又是另一班顾客，所以我这种属捧场性质的老友心里有数，实在不应阻住地球转！但仍衷心感谢邀请……在下非常欣赏场地布置，二楼大堂古董电影放映机旁放了BALENCIAGA、ALEXANDER MCQUEEN等等，前卫与古董相映成趣 pic...54 ！演出粤剧的舞台放满皮草，CÉLINE及HAIDER ACKERMANN，对！我只关心这两个设计中性之品牌有无入到size 42给我！

所谓百货应百客，不论经济环境如何不明朗，只要市场推广到位，时装虽不是生活必需品，但仍拥有一定空间，问题在于品牌有否动脑筋！

**54 甫进场第一眼
就见到汪阿姐与家英哥的台上英姿，
中间放着 RICK OWENS 的作品。
把商业化的时装融入艺术层次！
此意念在下非常欣赏！**

另类留港消费
THE TERMINAL

不能否认中国之经济崛起，已深深地影响全球各地之消费模式，远至纽约曼哈顿的超级豪宅，近至莎莎百货的一支唇膏，影响力可谓无远弗届，当中大部分人均认为此等影响乃自千禧年后，甚至 2008 年北京奥运会之后才大力爆发。其实心水清（仔细）地算一下，华人影响本地及至外地之消费，早在八十年代已默默进行中。

犹记得 1987 年，在下二十岁时的 puppy love 女友，因是上海人又说得一口流利普通话，当然加上相貌端庄，因而只得中三程度的她竟被免税店录用。当时已选址尖沙咀东部的 DFS 免税店主要顾客还是来自东瀛的豪客，当八十年代后期日本经济泡沫正在急速酝酿中，位于半岛酒店中的 LV 早已出现像今日广东道要排队轮候的盛况。然而轮候的，一就是异常安静且超守秩序的日本人；二就是说话“稍为”大声一点的台湾游客。当八十年代后期蒋氏家族还未退出台湾政治舞台之时，已开始放宽台湾人外游，之前台湾人外游申请极之麻烦，同时外来物资非常短缺。“舶来品”，一个台湾人才明白的形容词，即是我们的所谓“来路货”外来的东西，化妆品、洋酒因为在台湾关税非常重，所以被列为“奢侈品”。当时台湾一开放外游，台客选必然是香港。所以记得 puppy love 女友描述当时台客买欧洲品牌唇膏乃每种颜色起码两支，其次是打火机、金笔、手表，和时装扯上关系的就只有手袋和丝巾，时装根本没有心水（喜欢）的。

回归现实，现今花钱最豪的两个民族，俄罗斯与中国。对俄罗斯人的消费概念尚在了解中，而身为中国人当然百分百明了我国的消费心态，没有华人大军的支持，HARRODS 怎可能出现如铜锣湾崇光百货般吓坏英国人的人潮。伦敦希思罗机场内的免税店，可谓尽收渔人之利，既有俄罗斯豪客，也有超级华人大军的支持。我有理由相信它是欧洲最赚钱的机场。可能你会问：“哗！都去完个 trip，好收手啦！”（哗！都在旅途中买够了吧，还不收手！）在下并非有“强迫购物症”，而是机场常有你在外边找不到的款式。我承认我有逛香港机场商店的习惯，这习惯由两年前一次经验开始 pic...55。

话说两年前在香港机场 POLO shop 看见一件 skyblue 羊皮中褛，在外面根本未见过。由于是减价时候，店内付款人龙颇长，心想这是新到货品并不减价，反正下周再次出埠，不如下周早点过海关再处理，放下亦没有请店员帮我留起，结果下周回去是所有 size 全部售罄。

又试过在 HERMES 买到外面未见过的手镯，最离奇是在 Kelly Bag 最吃香时期，无啦啦（无意中）见到有个不错的颜色在 display，我多口问句是否非卖的陈列品，答案意外得很。当时是早上九时左右，店员说是刚到的货品，才放

55 很难想象要在原来的
空间搭建出这样两层高的商店，
能令机管局通过如此的决定，
相信只有一个答案，
租金是难以想象的高！

上架不够十分钟，喜欢的话可以立即付款带走，我未经女友同意就立即将之买下，因为我想我可能系极少数不需在米兰站以正价而非炒价，或在 HERMES 落订等半年才有货的人。

自此之后经常提早一小时去逛机场商店，最近一次的收获是一只在电器行已断市，能连接 iPhone 一起运用的镜头，又是在机场给我找到！香港人，有机会还是留港消费以助本土经济为上！

又爱又恨的品牌……

花钱对我来说，基本上是从不厌倦。但必先旨声明我是独行侠，最多只可一名非常志同道合者方能一同体验个中乐趣，所以多次和老死（死党）出国，均先小人后君子。早餐一同出发各自安排行程，大多以购物为主。然而，大围的目标必有所不同，男人大多数是电器及博物馆；女的是化妆品、衫、衫、衫，还有古董精品！好，和我较接近的通常是 Wyman ！但始终会有所分别，如 Wyman 想去的地方是伦敦西，刚好和我们的相反，而各嫂子们已手起刀落，定出不如任大家各自飞翔，晚上八时正于 TOPSHOP 总部集合。而曾经集合过的店分别有伦敦 OXFORD CIRCUS、曼谷的 ZEN 广场，以及我足迹留下最多的新加坡各大 TOPSHOP。

其实我们都很喜欢 TOPMAN，男人如我、Wyman、梁炳、Eason 等都会以极速时间选好大家的心头好，买的时间不会想太多价钱，因为 TOPMAN 的成功在于无论什么货品价钱总定在一个我们从不需要考虑的层面，是非常大众化的价码 pic...56。男人购物如我，顶多一小时完成，有个比我们任何人还都快！梁炳文。在他尚未戒烟时会走出广场，把烟抽光后再去换钱参加超龄儿童游戏，直至陈奕迅在旁加入至被驱赶！

在新加坡有次我见梁太拿着一堆服装，打算过去帮忙，

56 TOPMAN
成功在于其
价格定位。

她拿着一套套的衣服说："这是我的；这是给琪琪的；这是给杜如风的；这是给……的。"我当时感到这像中邪一样！我立即找我内人，她说网上买到的尺码可能有少许出入，张卫健老婆说："你不妨就让人家开心一下好了，反正也不是天文数字！"我顺便问内人成绩如何？她少许红脸回答其实……不多！

以上是十年来我等男人陪伴众嫂子于 TOPSHOP 消费的经历，良心说话 TOPSHOP 的男装在配衬上的确花尽心思，是能登上大雅之堂的，质料几年下来也在进步中。这次要一次过面对两大高手 H&M 及 ZARA，恐怕是一场硬仗。H&M 今年有 GIVENCHY 支持下成绩一定一枝独秀，ZARA 对市场的快、狠、准，我已多次提过了。而新加入的 TOPSHOP，背后实力之雄厚是大家都不能想象，英国 TOPSHOP 和本港大地主连卡佛子公司 LAB CONCEPT 于中环泛海大厦动用共一万四千平方尺，月租三百八十万港币，反正把整间 TOPSHOP 从伦敦搬过来就对了！

这个合作实在无法抗拒，在港营商最烦人的事是培训工人、工钱及属于"天价"的铺位。这些最难搞的，LAB CONCEPT 都可处理好，并将之做得井井有条！就让 TOPSHOP 来丰富香港作为购物天堂的其中一页。

P.S. 男士要求：可否有多点供给男士等候的咖啡室……

明日之后，继续 SHOPPING……

文章得有见光之日，证明世界仍在转动，生活还需继续；减价仍在进行，各大时装百货的减价战进入最后阶段……

近年我确实少买了减价品。我那套观念很简单，季初买下的东西应该属于个人认为是季精选，就算不属手快有手慢没，有买趁早的大热产品也肯定是心头好，故此到减价才做出考虑的只属可有可无之物，所以不买！我必须承认在下之购物心态绝对不能称为正常。12 月中与其余三位队友饭聚，那些“正常男人的购物心态”便可见一斑。张卫健先生认为秋冬服装实在越迟买越着数，皆因 12 月 16 日下午本港气温高达 26° C！而秋冬大减价更已展开接近两星期。的确，除了我这些病态购物者外，大部分男人对置装的态度是“有需要才买”，而抱着这种心态的人对现在各大时装集团的减价时间应该没有投诉。

回想早年，时装行业还没有太大竞争之时，秋冬大减价要到接近圣诞才进行。其时沈嘉伟的I.T还没如今日般壮大，JOYCE几乎独揽所有high-end时装品牌。该何时减价？只需看当年经济状况而定，并不存在与对手竞争的问题。到潘迪生把HARVEY NICHOLS带进香港，连卡佛与JOYCE联手迎战。加上一些本来销售理想的品牌如DOLCE

& GABBANA、GIORGIO ARMANI及PRADA等分别自立门户。其后I.T亦加入高级消费品市场，以优厚条件如销售点加入北京与上海，再替品牌开设专门店等等，成功令COMME DES GARCONS及MAISON MARTIN MARGIELA等由JOYCE过档其下。

然而，站在消费者角度我只看到好的一面，在如此战国气氛下，近五年我没有见过一个新晋而优秀的品牌没有被引进香港，选择之多早已超越东京，时装之都地位是亚洲之冠。况且，香港的减价战亦不按理出牌，总有一张信用卡与HARVEY NICHOLS 合作，在新货开季后一个月找个周末给你打 30% off，连锁反应下 I.T 亦会跟住出招，借意找个周末又搞 30% off，今年（2012 年）冬季减价前就发生过两次。终于，资本雄厚如连卡佛和 JOYCE 亦顺应把减价推前至 12 月第一个星期……

随着香港之平均租金超越巴黎香榭丽舍大道成为全球之冠，可以想象各行业经营环境亦是空前吃力！难是难，但地道香港人好像从来不怕，单以上述时装行业对消费者的良性影响便知，全部均来自竞争！世界仍在转动，竞争只会越加剧烈，我们不怕较劲，只怕没有好对手！祝愿您我继续昂首向前，走路有风，赢到忘我！

最 HIGH - END 的“大茶饭”

年初（2011 年）闻说 PRADA 总部打算集资一百二十亿准备在港上市，时装零售真的有那么好赚？时装毛利虽然可观，查实鞋与袋的销售才是“大茶饭”（最赚钱的），环顾现今市场，资金最为雄厚的集团，均以鞋及袋为主打。LV、CHANEL、GUCCI、PRADA，以及 HERMES，广东道周末哪一家不排长龙？女性视手袋为“行头”甚至身份象征，以美观高贵为大前提。男性十居其九以实用为主，所以这方面女人的钱确实比男人易赚得多。

直至 MARC JACOBS 于千禧年后开始玩弄 LV monogram，并加入有趣元素如 crossover 村上隆等成功把男性手提包变成时装一部分。Nicolas Ghesquiere 更把皮包中性化，基本上男女装皮包设计理念如出一辙，只是大小 size 的不同，其中以 weekender 最得我心，size 适中，轻巧易衬衫！成功让 BALENCIAGA 的盈利翻了几番，更为 GUCCI Group 历年定时诞下金蛋一箩。

正当城中富贾刘先生的女友们位位手握不同颜色天天更换的 Birkin（铂金包），努力穿梭富豪饭堂之际，美国潮人 Pharrell Williams 于金融海啸前高调地展示他那特别定制的 50cm 紫色鳄鱼皮 HERMES Haut A Courroiespic...57，从此 HERMES 开始应接如雪纷飞的男士订单。其实此 50cm 型

57 单就皮包估价
接近五十万，
再加个足金镶钻匙扣！
浮夸一向是美国
rapper 要命的
专长。

58 实在看不出
这为何是女装皮包，
终于在两星期内
买了三个，
如若见到喜欢的
还会再买，
病态购物自然发作。

59 去年从 snap
shot 中早就看出
CÉLINE 将势不可挡地
杀入男人世界。

号缺点甚多，若选用 togo 皮制造，单是皮包本身已净重越 1kg，由于本身有重量，不放满东西便袋不成形，简单如去健身室行装：跑鞋一双、短裤汗衫、iPod 及少量清洁用品已重得要命！正是好看不好用之代表，再被金融海啸冲一冲后醒了，发现此等玩意，实应玩过就算，不需恋战。

随着环保袋的概念及时装越趋中性化，几年下来从时装杂志的街巷 snap shot 你会发现 tote bag（手提袋）这玩意在日本与欧洲早已起了革命，YSL 与 BURBERRY PRORSUM 近两年均有推出 tote bag，但颜色仍偏向保守的黑，直至去年（2010 年）发现一向信奉简约主义的 CÉLINE 采用软身羊皮研发 worker size tote bag，说穿了是高级环保购物袋，简约中带高贵，已令我感到 CÉLINE 将会在皮包上杀出一条血路 pic...58。直至今年（2011 年）春夏系列，在下实在一见钟情 pic...59！

赢在时装界几乎百发百中的伎俩，玩颜色！蓝与白、黑搭橙、黄配黑。无比有趣又实用，最高招是价钱定在一个不用太花时间考虑的水平，会令你有理由让自己买完又买！创作总监 Phoebe Philo 这一仗赢得实在漂亮。

据闻一直靠售卖正牌水货的连锁店“手袋站”开业刚好十年已密谋上市多时。你还能说卖手袋不是“大茶饭”吗？

卖衫好过炒股票 ?!

3 月 21 日，巴黎气温 8° C，晴。我是那种非常爱单打独斗 shopping 的人，今日队友散清女友开会去，一个人于巴黎反而想无行程地 hea（漫无目的享受）一下，坐在 Champs-Elysees 的 Cafe George V，看到身后这个熟悉的品牌，忽然想起离港前看到的一段新闻，ZARA 创办人 Amancio Ortega 以五百七十亿美元财富，首次升上《福布斯》全球富豪榜第三位，股神巴菲特身家已增加了九十五亿美元至五百三十五亿美元，还是被 Ortega 干掉 out 出三甲！做时装零售竟然好过炒股票？

上世纪的最后一年首次踏足巴黎，其时还是用法郎的年代，当时法郎对港币近乎一对一，所以非常易算。于名店林立的香榭丽舍大道见到这个陌生的品牌，入内查看，发现一件质料剪裁都不差的皮褛，售价也只是一千港币左右。印象最深刻的乃深灰色牛仔靴，售价不过四百港币，看上去却像高级货色，于是买了很多回港送礼，还和朋友推介巴黎有个“笋盘”叫 ZARA。就这十年间，ZARA 自欧洲出发全面入侵全球，世界上每个经济比较活跃的地区都有它的踪影 pic...60。我没有细心了解过它是否每个地区的产品都一样，从网上得到的资料说明 ZARA 每件产品由研发到上架时间不会超过两星期，每年产品超过一万种，何解产量如此惊人？因要

60　数年前
Champs-Elysees 还是
世上租金最贵之地，
如今竟然是罗素街！
小市民如我
真不知道是否应该高兴？

看着市场出招。你 BURBERRY PRORSUM trench coat（晴雨衣）靓吗？我出了件看起来有八成相似的；你卖三万多，我卖二千，问你服不服 pic...61 ？总之集百家之大成！长期每两三个星期就有新货，keep 住让你要来！这数年间如无被 ZARA 制作团队看上过的品牌，其实某程度上应该想想问题何在？当然最好是因为你出品手工太难搞，很难抄吧。

我不打算在这里讨论抄袭是对还是错，因这课题对 ZARA 来说根本没意思！它从来就不是一个以设计师创作牵头的品牌，说好听点是以较便宜的价钱让你得到较好的货色，这一点 ZARA 与它的竞争对手 H&M 相比是优胜的。去年（2012 年）夏天在香港拍摄一个电视剧，发现剧中演员服装大部分来自 ZARA，看起来都很不错！好奇心驱使下，我到 H&M 看个究竟，发现原来 H&M 不与品牌 crossover 而自家制的，就以男装而言，品质剪裁均比不上 ZARA。

一个月前与女友行圆方经过 ZARA，发现今季 DOLCE & GABBANA 大热的 linen（亚麻）轻飘飘西装裤，卖五百九十九港币一件，附送一条类似 BOTTEGA VENETA 织皮皮带，虽然此皮带略似芭堤雅货色，但将价就货，我起码佩服团队的心思，linen 这种物料太轻，要配皮带真的只有 BV 织皮最好。连 styling 都帮你想好才收五百九十九港币，还想怎么样？今季（2013 年）忽然大热的 KENZO PARIS 老虎头 sweater，闻说全球 waiting list 长到见不到尾！ZARA 立即又出了一件老虎头 T-shirt，不过老虎头打横只有个侧面，好不好看见仁见智，我只觉得制作团队的确快

61 ZARA 这件女装主打，
外套一眼就知抄袭
GIVENCHY，
真品于 GIVENCHY
卖二千九百欧元，
ZARA 则卖九十九点九五欧元，
生意迅速发酵之道
就在于此。

而准！

网上资料显示 Amancio Ortega 还有投资银行及天然气等生意，财富增值应该不完全来自 ZARA，但有如此强悍的制作团队，曾是港人骄傲的思捷环球（Esprit 的商标持有者）想要的翻身，恐怕要拿出港人独有的打不死精神才有奇迹！

“瞓街”轮候……

10月中旬的晚上，车驶过中环H&M，母亲笑问：“为何现在买衫要买到瞓街？”（为何现在买衫都要通宵轮候？）一下子我真的不懂怎回答！对，这个应该是世上最低调的品牌MAISON MARTIN MARGIELA，有人要买他的作品买到瞓街轮候。相信MMM本尊也始料不及！

用低调来形容MMM应该还不太恰当，应该用神秘。十年前就有时装网站想过用狗仔队方法，于其比利时showroom门外进行偷拍，上载十多张相片进行公投谁是MMM。当然这只是网站本身为提高点击率的伎俩，答案怎能知晓？然而上载的照片有男有女，这点清楚反映MASION MARTIN MARGIELA系男系女我们还不能确定，犹记于1998年MMM当上了HERMES之女装设计总监，当年品牌专诚于世界各地请一些具有艺术气质但非专业的女士行天桥（走秀）。香港代表有张曼玉及星座专家车沅沅。事后车沅沅表示由到巴黎fitting到行完show，她也无法确定谁是MMM本人，保密功夫乃非一般的神秘！

然而神秘的背后，有其极为人性的一面，作品经常显露着个人世界观，十分鼓励循环再用，以旧汽水瓶盖组成的背心，或用大量抓破的破袜组成毛衣，大褛改成短褛，数件旧皮衣裁成一件，剪裁方法是有计划地展露的原始，环保意识非常浓厚。九十年代市道大好，人人拼命赚钱之际，品牌推出 AIDS tee，入门价二百港币，收入全部捐予艾滋病研究及治疗。即使从未让你见其真面目，却踏实地告诉你我与世界同在。2009 年秋天集团终于宣布 MMM 本人已离开，品牌之后由创作团队合力集体创作，果真来如风，去亦如风！

有说跟 H&M crossover 的品牌，全部有着同一状况。曾经红极一时，现在出现问题需要诊治，于是全部进入 H&M 打针食药，催旺人气。成功例子有 2010 年 LANVIN 及年初（2012 年）的 VERSACE。交由创作团队主理的 MMM 是否严重到要急救我不得而知，观乎这次乃名正言顺把品牌历年来最经典之设计再复刻一次，等同跟红极一时的歌手推出精选集。加上 MMM 设计从来抽离潮流怪怪地不具时限性，你不会感觉他十五年前的产品过时，再以专门店大概一折的价钱发售实在想输都难 pic...62！瞓街轮候然后将货品高价炒卖，未知地球另一边的 MMM 本尊是否高兴，还是觉得这肯定来得太迟！

62 旗帜高举不发一言
贯彻 MMM 的低调风格，
前辈曾江先生的出现
却令整件事画龙点睛多了话题性，
marketing 方面应记一功。

购物购出一肚气 THECORNER.COM

现时网购无可否认已经成为新世代最方便的一种购物方式，iTunes 新歌让你听半首才决定此曲值不值得收藏，公平得很。而时装这个网购世界，已到了新的战国时代，不是一两个网站能独领风骚。

我一直形容网上时装百货公司 LUISAVIAROMA 在男装及女装方面选择都是最多最全面，只是价钱和店铺实在差不了许多，吸引力是减少了，但其货品之多仍几乎是所有网站之冠。

其他值得推介的网站有 ANTONIOLI 已全面入侵华人世界，其网页如你在香港或其他亚洲地区打开显示的也都是中文讯息，而且环顾各大网站，它的售价是最低的，同一件 RICK OWENS shearling 皮褛，其他有售的网站如 LN-CC，价钱二千零五十六英镑（未除税）；ANTONIOLI 售一万九千港币，提到我最喜欢的服装网站 LN-CC，其他品牌我不去比较，同一件 shearling biker jacket 未扣税都平过 LUISAVIAROMA ！而 RICK OWENS 今季（2013 年）推出的爱斯基摩人皮靴，环顾所有网站中只有 LN-CC 胆识过人入得最齐全。熟悉我的读者都知道在下“有赞必有弹”（弹，即贬。但亦不能说是弹，应是身先士卒），而此文章有否公器私用，由阁下自行定断！

数月前经网购专家兼著名音乐人雷颂德介绍，我上网一看男装普通不过，但大家知我有买女人衫的瘾，我最钟爱的女装中性品牌 HAIDER ACKERMANN 正在减价，于是一口气买了两件。三日后寄到发现两件之中只有一件的 size 对，其退回手续是我见过最繁复的。先在网上回答为何退货，之后会得到一个 return code，再填上 return form 然后“煞有介事”讲明要 copy 五份连同货品寄回，邮费自付。心想好像少一张都可能收不回钱实在有些“白色恐怖”。

上月 HAIDER 新货出炉，我又看中两件心头好，且 size 奇大，当时估计他们做美国人生意，size 再大都有理，于是跟随正常程序先选好衣服；然后再 select size，女装我穿 size 42 于是 click 42，如常地完成购买程序。三日后寄到，一打开又是一件 size 对、一件小了一个码，寄来的是 size 40！我这次觉得有问题，于是邀请信用卡公司帮忙。我只有一个要求，LUISAVIAROMA 开业时已做到，把错 size 的寄回给你，对 size 的寄回给我，不就交易完成！

又经几天交涉，终由信用卡公司帮忙找到对方一个叫 Liam 的人，说交还错 size 衣服之邮费可由他们负责，但还是劝我最快得到衣服的方法是在网上重购！我承认基于赌气我真的马上按程序重购一次，三日后，寄来的是一件 size 38！！我投降了，两件错 size 的按照他们付邮费的 code 一同寄了回去，最后我收到 Liam 一个 email 解释说我买的是意大利 size 42，他们没有错云云 pic...63……

We confirm that the product you have received is in a **IT size 42**. The number **38 on the product label is in French** which equals to a IT size 42.

63 Select size 时又没有解释我正在购买的是意大利 size，寄错了还找借口推卸责任，此待客态度应难成大器！

还嘴硬！为何我首两次购买总有一件 size 对一件 size 错？为何我在 select size 时看不到任何指示阁下现在正购买意大利 size 而非法国 size ！大佬，你这些算是什么解释？最令我火光的是，那个“煞有介事”讲明要 copy 五份的 return form，到货运公司的人来收件时表示，其实只需印三份就可以，我绝对有被人玩的感觉。所以今次借本栏目特别向大家推介 THECORNER.COM，想挑战自己 EQ 指数的话，请尽管一试，祝您好运……

男人钱……不易赚？

要赚我的钱，相信不太难，鄙人自觉购物心态倾向似女人，大部分贪靓男人对衣服是可以等的，女人却要快……我都想快，还要好快！

时装爱好者都有一习惯，炎夏看秋冬大褛 pic...64，秋冬看炎夏 T-shirt 短裤，正在店内出售的货品早于大半年前看过，在网上资讯尚未发达之年代要买大本的时装周直击杂志。乃至 STYLE.COM 的出现，今早才于巴黎展出的作品，晚上已于网上给你逐格品尝，这部分想快的感觉已被满足，要想把实物弄到手？还要等等。

以前不论男服女装，各大品牌总会在新货推出前先出 pre collection（季前展示）给你止止咳，不过在下已很少上当，因个人认为 pre collection 大多不是品牌是季精选。其实大部分时装工业发达的地区均有明显的四季，但在香港，春秋两季较明显的日子加起来不超过六十日，且有越来越短之势！

随着网上购物的兴起，是有可能让你早一点把心头好买到手，但几年下来我发现网上购物此等玩意其实存在好些问题。

1. 选择少：综观各大购物网站，男装比女装选择依然相对保守得多，signature item 通常不入。

2. 尺码问题：有些牌子 cutting 时大时小，很难捉摸，

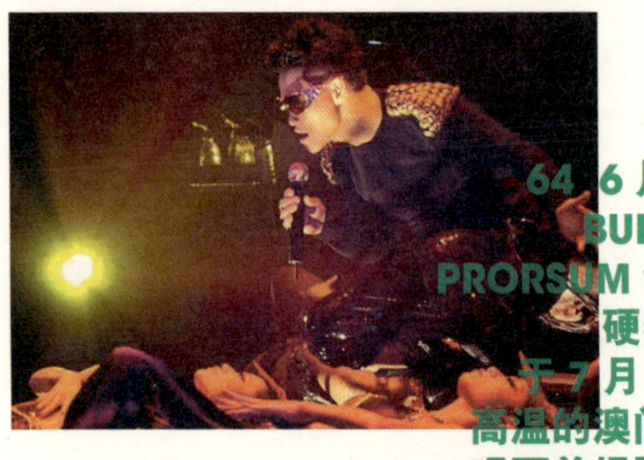

64 6月底收到的 BURBERRY PRORSUM wool sweater，硬着头皮于7月8日33° C高温的澳门演唱会用上，唱两首慢歌已汗流浃背，队友们当我神经病。

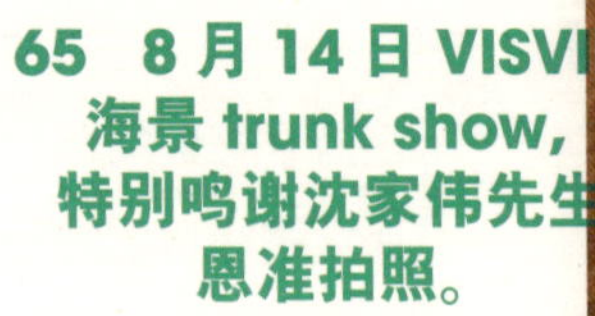

65 8月14日 VISVIM 海景 trunk show，特别鸣谢沈家伟先生恩准拍照。

今季你着 size 46，不一定下季大小相同，要寄回去更换，很是麻烦！

3. 过瘾与否？此项相信不是所有读者认同，在下始终认为选购过程（包括试身）是买衫的其中一种乐趣。

但以上问题立于以下要提出这重点之后，可能全部变成没有问题，一个字—— 平！

网上购物一般比店铺标价平上起码 30%，所以虽然问题一箩箩，但仍不乏捧场客，一般大型品牌会做 preview 或 trunk show，即是把 showpiece 全部借回来，然后找个高级六星酒店做预告，你看中请先落订，就算厂方不生产都做件给你。请留意系 " 你 "，因为通常只限女装会有此举动，近年，尤其今年（2010 年）有很大改变。春季未完 I.T 旗下品牌 VISVIM 已于 IFC 六楼把海景餐厅变成秋冬 showroom[pic...65]，每件作品均在手可试，还设爬山鞋度脚定做，非常有趣（虽然定鞋最低消费为五位数字）。8 月 14 日再办明年（2011 年）春夏展，按理估计成绩应该非常不错。

那边厢 BURBERRY 更狠！今年大型购物网站于巴黎时装周后即立刻进行网上预订，BURBERRY 即来电表示今年将会首次进行男装预订，你选中先付款，保证六星期收货！在下认为此乃一件壮举，细想其实把春夏服装变成秋装，真正到明年春夏还未过季，就算价钱不比网站便宜也赢了漂亮一仗，又系一个字 —— 快！

假如其他品牌或大型 multi-brand boutique 能仿效，男人买衫的规则也将翻天覆地地改变，热切期待这一天的来临。

ICONS

WYMAN
GRASSHOPPER
AARON KWOK
CHOW YUN-FAT

您是八十年代：刘培基

在下进入娱乐圈二十八个年头，见尽满天繁星。娱乐事业确实是一个令人向往的行业，我感恩能够成为其中一分子，也在这个圈子结识了很多值得学习的对象。但过去十年上天带走了很多我真心尊敬的前辈，恰巧这些已在另一空间的前辈，有几位对我影响深远。然而，还健康地活着而我又真心敬重的不出三位。

Eddie 哥哥刘培基 pic...66 是当中首位，我们的交情严格来说是在梅姐离开前后才深深地建立起来的。说起来我小时候真的很尊敬他，但同时亦很怕他。记得八十年代初，在电视看到一个信用卡广告 slogans（口号）是这样的，主角手持信用卡面向镜头问："你认识我吗？"广告就是拍摄 Eddie 哥哥在准备他的时装表演，那时我十四五岁，亦由于早已知道自己兴趣乃时装，报章上报道刘培基将有新店于文华酒店开业，十六岁的我不知好歹，开幕那天自己一个人跑到文华酒店，只见人山人海，有警员在店外维持秩序，在店外站了大半天见到很多当时得令的名人红星，却见不到刘培基。再等了良久 Eddie 哥哥终于站出店外与其他名人（好像是沾叔、林燕妮）进行剪彩。这是我首次目睹刘大师的真面目，但感觉好奇怪，他的笑容不是真心的，其实用腼腆来形容更贴切。后来在无数个夜谈的晚上我终于知道了原委，如读者想知，请看他的自传《举头望明月》。由于我初中已想到毕业后去学时装设计，而他在八十年代初于香港时装界真的独领风骚，我想我不知不觉中已在崇拜他，这种不是出于偶像式的崇拜，乃视之为学习的对象。

您在文华酒店 EDDIE LAU 开业的那一天对人欢笑背人愁的故事，多年前听您说的时候已有个冲动想跟您说，其实当天我一直站在您店外面支持您，这个秘密三十年后就让我在 *JMEN* 这里告诉您：当初我是多么的崇拜您，而后来入了华星唱片后，我又是多么的害怕您！

1985 年当选那年某一晚，您邀请我们四个得奖的到您跑马地家中做客，我是何等的害怕又兴奋。害怕是入了华星后才知您脾气极大，管你是什么天皇巨星或公司高层，一遇到不爽的照骂可也；兴奋的是终于有四分之一机会近距离和您对话！犹记得当时您特意穿着在家中的浴袍，还让我们看到您左腿膝盖被绷带包扎住。我们言谈甚欢，您还叫醒工人煮宵夜出来一起吃。

两日后我于张玉麟夫人生日宴再与您相遇，十七岁的我以为和您倾谈了一晚已是朋友，只和您点头问好。翌日早上公司来电，要我中午立即回去利舞台（当时华星总部），结果被奶妈（当时负责我们的保姆）骂个狗血淋头。她说见到所有前辈犹如 Eddie 哥哥，应当站立起来跟他打招呼才够诚意，和人握手应该双手有力，且握手时眼神要正视对方等等。

66 刘培基作品展
“他 Fashion 传奇 · Eddie Lau
她 Image 百变 · 刘培基”
由 2013 年 7 月 17 日至
2014 年 1 月 13 日
于香港文化博物馆举行。

少年人当时当然非常不爽，长大了才知这是“塞钱入你袋”（免费教你），现在的经理人公司我相信没有一家会这样教导旗下艺人，在下亦亲身经历过去电视台主动跟新人打招呼而对方视而不见。

那是一个黄金的八十年代，你看 Eddie 哥哥自传还发现一个现象，聪明人真的大多只和聪明人交友！后来真的熟络以后，有晚和 Eddie 哥哥喝酒，我问他：“您是个双鱼座，心地好且平易近人，为何年轻时恶成这样？”答：“康仔，七八十年代是我拼搏的年代，如果我不以这种凶巴巴的感觉示人，人就会不断尝试挑战我的底线。为免这种麻烦，我宁愿你话我难相处，反正我相信自己能力，而且我幸运地拥有一群精英朋友，而这群精英经过了年月仍真正乐意继续和我交心。那你外面怎么说我才不理会！这才是真正的笑傲江湖。”但愿有一天我能跟随您们前人的步伐，一同举头望明月……

我们的周润发
WHAT A LEGEND!

在下是六〇后，和许多七〇后一样，发哥是我们港人集体回忆的一部分，今年（2014 年）他担纲的贺岁片《大闹天宫》和《赌城风云》中我选择看了后者。首先声明，以下言词绝对没有贬义。

虽然香港票房纪录最高之大导演王晶先生的作品一向不是在下那杯茶，今次在两部同是发哥担演的电影中我却选择《赌城风云》，原因是在电影预告中我看到发哥的造型，确令在下眼前一亮 pic...67！电影艺术这门学问，在下实在只懂皮毛。如将之推上艺术层面，那就变成非常主观的视野。好与坏标准各人有各人之理解。但我必须承认王大导太了解我们想看周润发的理由。《赌城风云》中发哥的演绎乃我们所期待的周润发式幽默，时而夸张时如廿多年前的《八星报喜》、《我爱扭纹柴》的围头话、《赌神》的英伟绅士礼服造型等，全部是我等发哥迷所期待看到的。重点是，我们期待的那个帅气的周润发终于回归了。

能够有如此帅气的发哥，服装造型指导等应记一功。戴美玲小姐，资深服装造型师，入行廿年且屡获殊荣，2008 年香港电影金像奖凭《投名状》赢得最佳服装造型设计；2013 年获同样大奖而得奖电影为《大魔术师》。曾参与的

67《赌城风云》中的周润发。

优质电影多不胜数，如《白银帝国》、《大上海》及《满城尽带黄金甲》等，全部为水准之作。

透过谢霆锋帮忙冒昧得以与戴小姐 Jessie 通上了电话，Jessie 表示发哥本人非常尊重电影 teamwork 中各单位之专业意见，Jessie 认为现已花甲之年的发哥甚具欧洲中年男人味道，就如日本杂志 *LEON* 永远用中年男人做 model，吊脚裤着鞋不着袜、恤衫配丝巾、cutting 较“短”少许雷同 THOM BROWNE 的西装，确给人耀眼的感觉，加上发型与身型的配合，造就出一个成熟潇洒还有点“潮”的发哥。Jessie 说当发哥知道造型是这种他从未试过的 style 时，发哥自动减磅予以配合，数次的 fitting 每次都比上次瘦，以他这个年纪的确非常不容易，这就是专业！

我与 Jessie 均认为发哥的演艺生涯中没有任何年代的造型是不能驾驭。《满城尽带黄金甲》中的冷血皇帝，发哥留的一把白胡须配合美术指导刻意营造黄金带点俗气的背景，光站着已经满身是戏！《大上海》中参照中国第一教父杜月笙的白色长衫造型，简直美化了本来身形细小瘦削的杜月笙本人。

如果我说发哥是潮人先驱，你可能质疑我的说法。得！举例以说明之！某年电视台台庆，发哥表演脚踩鸡蛋用筷子飞中前方标靶，由于镜头长期拍着发哥踩着的鸡蛋没有破，结果意外地成就了当年还不见经传的 TIMBERLAND 帆船鞋由无人识到卖断市。电视剧《火凤凰》穿着不同颜色左胸有一袋鼠的 polo tee，我已忘了什么品牌，电视剧播完，结果这件 tee 由三百五十港币加至五百港币都卖断市。不能不提的是 Mark 哥褛（《英雄本色》里 Mark 哥大衣）！1986 年几乎零收入的我拼了命于当年加连威老道的出口剪牌成衣店找到一件雷同的，但没有发哥的高度和气质，穿起龙袍怎能像太子？还有林岭东导演的《龙虎风云》，发哥已率先带领 Army look，军褛配两件恤衫 layering 穿法，内里打 bow tie（蝴蝶领结）腰缠毛衣，裤脚 tuck in（塞进）军 boots（靴）。今日 *MEN'S NON-NO* 街头 snap shot 还不是一样？可惜和发哥多年只有两面之缘，如若下次再遇我必定要求合照，因为他是每方面都值得学习的香港之子。

男人的腰骨

最近从新闻得知史泰龙的长子 Sage 因滥药暴毙，享年才三十六岁，史泰龙几乎缺席所有电影宣传。这位我一直认为在戏里戏外均打不死的演员，原来其死穴也与一般男人无异：家庭！

自小对《洛奇》系列电影有着莫名好感 pic...68，由八十年代仍是 VHS 录影带年代开始，不时就租回家看完又看，其实自己也不明所以！相信各位一定同意史泰龙并非俊男及演技派。在下自小对大只佬身形没有兴趣，甭提洛奇，就算连罗仲谦之体形也穿不下我喜欢的时装。你说打，又怎能好看过李连杰！一直不能解释，但就是喜欢！直到 2006 年，我于厦门拍摄电视剧，偶然于影音店见到《洛奇》一至五集 box set，我兴奋莫名！即时忍住手回港买套正版，返回厦门一日休息之间，把五集《洛奇》一次过重温一遍，再看之时对这部电影系列有新的感受。当时我三十九岁，正值中年危机之时，对！我的中年危机来得比一般人早……同年，我闻说史泰龙先生有意开拍《洛奇》第六集《拳王再临》！我与一般观众反应一样，“吓！唔好喇啩！”（吓！不要了吧！）但最后我都成为座上客入场观看，结果一点没有失望，还终于完全破解自己为何从小对这系列一直存着好感。

2006 年戏里戏外的史泰龙已届花甲之年，剧中洛奇虽

68《洛奇》系列是史泰龙的经典之作。

年事已高，但由于拳手心中那团火还未熄灭，依然争取机会重返擂台，纵然沿途不断受人冷嘲热讽，他仍相信自己，面对比自己年轻三十多岁的世界拳王，他不期望赢，也不想输……我可以总结史泰龙塑造洛奇这个角色之要点：一个真男人要有腰骨有承担，抓紧每个机会，勇于接受挑战，而挑战之路不一定有人为你呐喊助威，相反是条非常孤独之路，学懂冷静沉着，还要尊重对手，从对手身上学习并要有与对手成为朋友之气度。人不可能不犯错跌倒，但无论你年纪有多大或对手有多强，只要你有办法于裁判叫到十之前站起来，你还有机会。这个总结不单对我，而放诸所有男人皆准。时装于我而言虽是终生追求的兴趣与学问，但一个真男人如不搞好内在而不断追求外在，只会得到四个大字——“有形无实”！

那些年，我们爱过的偶像

近年风尘仆仆，时常错过许多值得欣赏的演出。12 月中近藤真彦访港，八〇后可能只知道此君乃梅姐的前度，但对于我等六〇后又于少年时受日本文化严重洗礼的人，近藤真彦代表着一个时代，于八十年代近藤的 Matchy Cut 发型深深影响着每个中学生……

去年（2010 年）4 月于东京刚巧碰上他出道三十周年纪念演唱会，日本媒体大幅报道，惊见近藤虽离开艺人岗位多年，其间更当上赛车队老板，却依然俊朗非凡，体形保持得极好。反观他的音乐总监，与近藤同期出道的野村义男，我真的吓了一跳，怎么差这么远？！当年同是俊男一名，如今样子有如蜡像融化了一般！明显是严重日久失修之故！

这下勾起了我的好奇心，八十年代“飞车、歌舞三人组”的野村义男 pic…69、近藤真彦 pic…70，还有较年长而舞艺最精湛的田原俊彦（即郭富城《对你爱不完》之原唱者）又变成什么模样？于 YouTube 上疯狂搜寻，找到的是 2009 年的演出，体形保持尚可。然而，却遇上男人最大天敌，头发稀少兼发线后移！这是最无奈的……其实亦非无计可施，何不把心一横将之剃光？张卫健及潮人黄伟文不就如此豁出去把问题解决了。非常同意好友吴君如的名言“世上只有懒女人，没有丑女人”，男人亦然。当然我同意世上有少数

69 此君名野村义男，
与近藤真彦同属
1964年生，剪短头发
过两年坐巴士给半价，
司机应该不用他
出示长者卡！

70 近藤真彦是
Johnny's事务所最受尊敬的
前辈，SMAP见到都要
九十度鞠躬，在日本艺能界
要得到如此地位，
实属神级！

人是得天独厚，食极不肥。以我所见，大部分中年人如任达华、郭富城、刘德华等均需付出极大努力与生理进行反竞赛，以取得巨大胜利。

我曾多番向尊敬的世伯谢贤先生讨教如何保持，相信这亦是很多香港人想知道的秘诀。四哥先来个招牌笑声：“哈哈哈！哪有什么秘诀呀！细路，你这么贪靓没有理由不知，做人只要肯坚持，对自己有要求，无人做不到的，讲完。”就是这么简单？！依我观察与四哥食饭通常他是第一个收手的人，最多半饱，晚饭更算是吃得少，他的儿子食量起码是他一倍以上；每日保持运动，连在家看电视时都会做提腿运动收腹，这些就是七旬长者的坚持。但四哥开朗乐天的性格乃天赋的礼物，绝非人人能及。

曾细想，是否自己也步入中年才越欣赏这些前辈？柯震东的狂放固然可爱，近藤真彦的光芒却汇聚了年月的历练，而谢贤的潇洒需要多少生命的足印才能踏至笑傲江湖？这些层次，但愿我等都能逐一探讨。

虎头蛇尾

服装界的宣传伎俩，用得其所时确有神奇功效，例如韩国天王G-DRAGON[pic...71]。在下不能不佩服其造型风格。今年(2013年)初欧洲多家品牌展示会均希望邀得他的出席，而G-DRAGON本身相信亦是个爱时装的人，其出席率之高并不下于香港代表黄伟文便足以证明。数星期前他一个人到港开骚（show）之余又出席了VERSACE中环的新店开幕活动，一件品牌signature花恤衫再衬条size小到我怀疑是女装的黑皮裤。单看牌面其实正路得很，但其一头“左绿右红”的长发包于黑色帽子内，我相信设计师Donatella见到都“哗”一声。现今潮流圈子只有大韩民族潮人会用身形、化妆与几乎日日转变的发型来开心地玩弄且游走于这种极需要被活化的品牌。

其实BIGBANG的音乐属于高水准的流行曲，在下未有机会现场欣赏其演出，不过倒看过几个他们的MV，也常于日本潮流杂志发现他们的踪影。当然以大韩人的民族性，可以的话他们一定优先支持韩国本地时装。同时，你又会发觉不少外国时装品牌在打他们的主意。其中以饰物类合作得最成功的可算CHROME HEARTS，每次无论拍摄硬照、MV或Live show都用得其所。不会太多亦不会太少，发挥出首饰是用来装饰的原理，不会像其他歌手般挂到一身都系而哗众取宠。猛人Hedi Slimane早就看准这个好机会，把新装

71 G-DRAGON 的造型风格令人佩服。

送上希望 BIGBANG 能整队穿上。结果 Hedi Slimane 亦得偿所愿，得到一般用钱都买不到的宣传。

上文也曾说过 Hedi Slimane 的雄心万丈，可惜现实始终归现实，SAINT LAURENT 男装首季的“业绩”是在连卡佛率先全面 50% off ！！其实说他成绩不如理想本人绝对没有太大惊奇。当全世界还在估计 Hedi Slimane 重出江湖有什么必杀技时，今年 1 月底内人于米兰 SAINT LAURENT 专门店买了件西装外套给我，当时香港还未有售。凭良心说，这件外套如果把牌子剪掉，再告诉我其实在 MANGO 买的，我不会太感怀疑！自此之后观其大部分产品，问题是衣料与剪裁都不是我们期望的 Hedi Slimane 水准。阁下大可认为我偏激。但连卡佛已作出了率先半价的和应，让 Hedi Slimane 的复出确实“有头威无尾阵”（虎头蛇尾）！

另一 G-DRAGON 常用品牌——GIVENCHY 风头却一时无两，一头金发的 G-DRAGON 于舞台上穿着长至及膝的白色中古女性面孔长 tee，充分反映出大韩潮人有能力把品牌的 DNA 改变成他们独有的一种气质。而 GIVENCHY 也朝着超级 high-end 品牌再进一步，5 月 1 日起取消全球 VIP 折扣，最奇怪还是其出货时间，一般品牌最迟 4 月底便已把全季的作品上架，唯独是 GIVENCHY 在你开始减价时还有 runway 作品推出，真是奇怪，如果他今年如传闻所言与 H&M 作 crossover（编者按：GIVENCHY 中国部公关已回应传闻有关 GIVENCHY x H&M 的猜想并不属实），相信将会出现另一轮“买衫买到瞓街”的景况！

珠片，你敢试吗？

坦白说，我实在不敢！人贵乎自知，这种专属于舞台的衣料，我实在没有那种能把它闪烁得淋漓尽致的气质！猫王于六十年代开始于舞台服装上钉装大量珠片金线营造舞台效果，其时应是拉斯维加斯正值崛起，赌城的舞台文化乃华丽夸张。其实当时舞台巨大而灯光照明技术尚在萌芽阶段，珠片歌衫正好补其不足，及后 King of Pop 迈克尔·杰克逊更把歌衫上的珠片变成水晶！靓与否已不再重要，其皇者地位已无人能代，珠片歌衫文化由美国人开了先河，若论修成正果，在下却认为是在日本。

如果你是七〇后又是服装爱好者，每年春节的红白歌合战应是你引颈以待的一个节目，因不论巨星与新人，每人平均得到大概两分三十秒左右的演出时间，要在四十组表演者中突围而出，你必须充分利用这两分半钟。于是珠片歌衫在红白歌合战中数十年不断进化，日后会专开一期分享其中经典。然而，这红白歌合战却又深深影响香港乐坛。因到了八十年代，我们有了红磡香港体育馆，这象征着我们开始有自己的一套舞台文化，就如所有香港人一样，经验是从无数的错误中累积回来的！这些年来我见过男歌手穿着绿色歌衫，舞台又打着绿色灯光却唱着温馨情歌，听不明的还以为是灵异题材！又见过个子瘦小的女歌手戴着有如雨伞般大的

72 朱祖儿非常反对
以制服形式做草蜢，
一场骚（show）每人五套衫
就变成十五个不同造型，
却难得从未失手。

帽子唱歌，山腰位观众的反应用今日的形容词就是“O 晒嘴”（“噢”，表示不可思议）！

不能否认近十年来平均错误率已大大减低，但能称高手的在下仍认为只有几位：朱祖儿 x 草蜢 pic...72，师承梅艳芳，草蜢之舞台魅力毋庸置疑！自 2005 年重组开始与朱祖儿合作，表演服装物料均购自英国与日本，单凭肉眼已能分辨有别一般衣料，再加上高超的钉装与优秀的剪裁。我最佩服朱兄每年一度赋予草蜢的演出概念才是困难，草蜢自重组

73 有人认为"亚叔"时常刻意暴露 Aaron 身体，细想郭兄舞蹈动作之大，又能穿多少？衣料何须多，颜色配搭与视觉效果已显功力。

至今（2011 年）已开了五次演唱会，而每年服装主题与舞台设计均属超水准！在下去年参与其二十五周年演出，见识过前所未有的凹凸舞台，观众看上去有如一个个小山丘，我站上去已觉得很难活动，草蜢还需花时间去适应于舞台上跳舞，结果他们成功了，亦成就了朱祖儿的一项壮举。张叔平 x 郭富城（Aaron Kwok）：电影是平面，而舞台是立体的。能游走于电影与舞台上美术均表现出色的唯"亚叔"莫属。Aaron 身上撒满银粉，利用灯光配合 Aaron 强而有力的肢体语言营造出银粉纷飞的画面，是集灯光、美术、音乐、舞蹈与表演者的合作才能造就如此经典 pic...73。

总结前人经验，成功的形象指导实应了解舞台设计，并参与美术与灯光设计及理解艺人的表演形式方能营造上佳

74 初见经典孔雀毛斗篷，时为 1980 年利舞台，先驱为何总是走得太早？

的舞台效果。其实香港三十多年前已有人思考到这套理论。如祖儿兄与“亚叔”是个中高手，以下这位是殿堂级大师，我最尊敬的前辈 Eddie 刘培基先生，Eddie 加上表演艺术家罗文，早于没有红馆之前的利舞台已合作无间 pic...74。先看演出流程，了解歌曲内容，继而表演者的风格，再配合舞台灯光始设计出能让歌者发挥的歌衫。早于三十多年前 Eddie 与 Roman 已沿用这套模式，及至红馆落成首个举办演唱会的歌手许冠杰，Eddie 光用高级衣料配合其闻名中外的裁剪，抽离传统歌衫思维，不用一块珠片已赢得一致好评。先驱往往比我们走前许多许多，万望我能加把劲，努力赶上！

信自己

近两年（2012 年）本港有一新成立的男装品牌名为 MNA（MUTE NOSTRIL AGONY），作品走五十年代怀旧风格路线，男模在造型照中一律梳所谓的“飞机头”发型。当一众本地品牌还在努力抄袭 RICK OWENS 或一般日本潮牌之际，MNA 几季下来坚持的怀旧路线更见别树一格。品牌设计师大名乃 Alejandro Delfino，如果你是八〇后一定听闻过此君，甚至买过他的唱片。Alejandro Delfino = 杜德伟！

我们多年来直呼杜德伟为 Alex。1985 年我俩一同参加第四届新秀，Alex 是冠军我是亚军。当年 Alex 刚自温哥华回港，大学主修美术的他到广告公司工作，比赛后他与我一样成为全职艺人。记得刚入行我们收入不多，当时十八岁的我只知道自己爱美，但仍不知品位为何物！Alex 却由参赛战衣到入行后许多舞台服装都亲自选料及设计。刚入行时参加一个晚会，当晚我着到不知所谓！我最尊敬的前辈刘培基先生却特意走到 Alex 面前赞他的歌衫选料独到、设计有心思。年少的我虽不能拆解个中究竟，但已肯定 Alex 的衣着打扮甚有基本功力！

及后我们分道扬镳，九十年代台湾最流行 ABC 男生，Alex 可谓“食正条水”（抓住机会）！当时台湾乐坛根本不重视歌手的形象包装，Alex 凭着超凡舞艺及前卫品位一直于台湾独领风骚！而在香港，时装圈早就肯定 Alex 是位潮人。他从未用过造型师，十多年前已被评为十大杰出衣着之人选。你上 YouTube 看他的旧 MV，造型从未失手！

2008 年，我邀请他当我台北演唱会的嘉宾，凭我与他的交情，他竟婉拒！我非常意外，细问下原来他想暂别娱圈另谋发展，他想设计时装！我并不感出奇，我认为早年不为工作需要而真心爱时装的便是罗文、陈百强及杜德伟！前两者已不幸仙游，故 Alex 的时装才华应该好好发挥。他告诉我已设立了自家工场，请了几位优秀裁衣师傅，其余由设计、剪裁、布料到行销皆一力承担 pic...75、76 ！我惊讶此等同自行

75 1985 年入行时
Alex 已常做复古打扮，
都是他从加国带回来的故衣。
八十年代已懂着 vintage，
可以肯定他早就明白
风格并不须用金钱来堆砌。

76 虽然 Alex 最招牌的是 R&B 或 HipHop 舞曲，其实他最钟爱之曲式乃 Rockabilly，其设计灵感亦主要源于 Rockabilly 文化。

设立一条生产线！于是我建议他到 Florence Pitti Uomo 男装 trade fair 摆个位，结果他先进占 D-Mop[pic..77]，2010 年首季于此跑赢大市，成为销量冠军，如今更进占 I.T 及进军日本涩谷 YELLOW RUBY。两年内有此成绩，作为老友实在替他高兴。纵然他多次拒绝 Big 4 香港复出表演的邀请，但看到他发展出自己的一片天，我等非常替他骄傲。他有天愿意在港再踏台板，我们会等着！又一次证明，时装与音乐乃一脉相承！对，努力之外，还需"信自己"。

77　MNA 进占 D-MOP。

年少不再无知

其实要落笔写歌手在音乐颁奖典礼的造型，我的身份实在尴尬得很！刚巧我今年（2013 年）没有参与，可以夹着隔岸观火的心态，将我认为出色的加以表扬。先来个利益申报，在下于圈中已二十八个年头，文中所提到的人我都认识，有些甚至是好友，所以文章中肯与否，请阁下自行定夺……

一直觉得周柏豪乃新晋男歌手中外形可塑性最高，气质自信中带点傲气。闻说他非常钟情黑色，穿 RICK OWENS 及 JULIUS 这类型衣服，绝对入型入格，甚少失手。我喜欢方大同（Khalil Fong），你会问方大同打扮有什么特别？！着衫要有态度之余绝对要配合个性。Khalil 才华横溢，且书卷气甚浓，穿 AGNES B. 这类型衣服最合适不过，当然你可以说他无惊喜，但胜在 less is more 实在没有错！

你可能以为陈奕迅的服装都由徐濠萦打点，其实近年已甚少如此。不要想太多，没有其他原因，只是 Eason 近年发展出自己一套穿衣理念，全部以好玩为大前提。对于我这种久旱逢甘霖，十年才上一次颁奖台的人，当然出尽九牛二虎之力将华丽进行到底。Eason 已连续九年蝉联最佳男歌手，去颁奖礼等同去拜年！如果随便他选我绝对相信他宁愿假日时间留在家中陪阿徐及陈康堤！然而，人在江湖身不由己，没法选又一定要去的派对，为何不令自己开心点？在未

78 林保怡穿西装
出席港台的
颁奖礼。

当上运动品牌代言人之前，已发现他近几年的颁奖礼服装都偏向玩味超浓且以舒适为主——吊带裤上挂满公仔，运动衫拉链拉到包住整个头，你有你说他浮夸，他有他做大娱乐家！没法子，他真正 carry 得绰绰有余……

王菀之今年成绩非常优秀，更是我本人认为今年女歌手中形象做得最成功的一位。追查之下，才知其造型出自一位名为 Gavin So 的先生，名字非常陌生，但的确令 Ivana 眼前一亮！

终于讲到我认为的全年冠军，两次获奖均强调自己是演员的林保怡。我们于八十年代认识之时，他是个歌手，变成朋友是因为合作《壹号皇庭》及《妙手仁心》。由于电视台演员由拍戏到出席台庆都有服装间同事代为处理造型，当他（她）们自己接电视台以外的工作，如果找不到赞助，一般最常见的情况是 underdressed（穿着太朴素或随意）。而颁奖礼最烦人的地方是：1. 你不知自己有没有奖；2. 就算知有奖又不知个奖有多大，如何拿捏得恰到好处？保怡示范得很好，在商台颁奖礼是领带背心 trench coat，港台是靓 cutting 啡色西装 pic...78，这一招 casual elegant（随意又优雅）轻易把问题都化解了。我当然明白黄德斌与陈豪光站出来已令大部分女性观众神魂颠倒，但林保怡那份沉稳与成熟是另外两位仍有待磨炼的。年少无知确系一个可喜可贺的异数，你能说出上一首唱到街知巷闻的电视剧主题曲是哪一首吗？我想不起……

四个婚礼零个葬礼

自十年前最尊敬的巨星相继离开我们，虽然当时的我只有三十六岁，但我已经开始和自己说，这种场合，真正“免得过便免”！于是十年下来真正出席的葬礼，单手都算得出来，反而另一种场合——婚礼，我几乎逢请必到，逢到必早。

这些年来出席过的大大小小婚礼，有小型到十桌喜酒刚刚好的，场面和谐温馨；有大制作到飞到伦敦把位于温莎（Windsor）的数百年古堡 Cliveden House 包下三天，单是五十位宾客的房租，包一餐早餐及一顿晚餐价钱是一百二十万港币。主人 Alan 绝无怠慢客人，welcome dinner 设于附近的米其林不知多少粒星的世界驰名食府 The Fat Duck。五十位宾客每人十二道超水准菜式，是晚不含酒精光食物盛惠六十万港币，Alan 连爱妻喜爱喝的香槟 2004 年的 CRISTAL 都空运到古堡，因为运来太多之故，晚宴后早上离开，早餐亦供应 CRISTAL，导致宾客如我都“大大哋”回到伦敦！

依小弟多年经验，其实许多人是向往露天户外婚礼，在香港能让你举行户外婚礼的场地实在不多。记得有朋友于几年前 11 月中于上水马会举行户外婚礼，心想天气应该气温适中，怎料气温还 28° C，难得聚首一堂，大家必定拍照留念，28° C 的阳光在香港不算太炎热，不过站久了老人家和一对新人还是会汗流浃背。

所以我认为最难处理的乃出席户外婚礼的服装，香港有70% 时间都处于炎热且潮湿的状态，新娘要保住妆不溶，唯有不断小心地补妆。有经验的化妆师会逐小地往上补，不然到真正入席，新娘个妆将会厚得很戏剧化。除非你不贪靓，不然想穿得型少少，加件外套你都成身汗！

去年（2012 年）于伦敦参加老友 Alan 的婚礼，拍摄背景是座四百年的古堡，加上 8 月中伦敦郊区的温差有整整十度，下午婚礼进行时刚好二十摄氏度出头。我的 ROMEO GIGLI 刚好派上用场，新娘 Marianne 与一众伴娘争相与在下拍照，事关 ROMEO GIGLI 的古典感觉实在夹得天衣无缝 pic...79 ！

现在来到苏梅岛，参加郑希怡与其化妆师男友 Andy 的大婚，请的宾客都是玩得之人，于是 welcome dinner dress code 乃夏威夷 feel；after party 是荧光服饰；正式婚礼乃白色，主人家还窝心（贴心）地怕你麻烦，除婚礼的白色衣服外，其他 dress code 若你未能找到，主人家早就为你准备好了，但求大家有个难忘的婚礼，是值得纪念的。

去年 Yumiko 于同一家酒店不慎从二楼掉下，一度有终生瘫痪的危险，此时其男友 Andy 却于病床上向 Yumi 求婚，承诺终生照顾，单单这一点已荡气回肠到极点。终于 Yumi 也痊愈，Andy 从我十多年前认识时还是星级化妆师 Zing 的助手，到现在已在化妆界独当一面并开设了自己的化妆学院，执笔之时乃婚礼进行前六小时，昨晚晚饭已听到准新娘

79 我套 ROMEO GIGLI 衬到连新郎 Alan 都投降。

80 感动的一刻。

问宾客今晚谁要化妆？谁要整头？原因是宾客中包括两位首席发型师 Bee Lee 及 Plus Yiu，还有 Andy 的师傅 Zing，宾客要不靓都难。我只希望在这里的狗仔队高抬贵手，偷拍的照片有劳选些好点的传回港，不要浪费众大师的心血，亦祝一对新人白头到老，永结同心 pic...80。

老Y你好嘢

过去半年（2012 年），我经历了个人演唱会，然后重踏久违了的颁奖台。过尽千帆，得失成败早已尘埃落定。凡此种种都是有趣的，而在我这些有趣的生命经历里，都有个人在旁一路相扶同行。不止这半年，正确地说是过去八年，他和我走遍伦敦、巴黎、东京，陪我吃过无数次饭，东西南北无所不谈。然后到今年，我参与了他六场个人作品展。

二十年前未剃光头的黄伟文，于商台做通宵节目时已用三件大中小码恤衫做出层次感，左右脚穿不同颜色的袜子！深宵里电台根本没几个工作人员当值，所以我肯定这个人爱打扮的大前提是娱己而非娱人。从 1994 年第一首合作歌曲《洗澡》开始，我每张唱片大碟都有他参与其中。

Wyman 于其作品展中形容自己为一个“揸轣人”（电梯控制员），责任是把歌手由地面（或地底）往上送，然而能送到几高就得看歌手本身的努力与造化。三十八组歌手，接近五十个造型，对 Wyman 来说绝不困难，甚至应该是乐在其中 pic...81。众男歌手中，大概替黄耀明设计造型时最为容易。明哥气质独特，天生一副好衣架，穿起偏锋的 GARETH PUGH 抑或优雅的 DIOR HOMME 均游刃有余。而我至爱的 TOM FORD 放在 Eason 身上，出奇地 carry 出贵气。

**81 图中有人多年没踏台板，
有人撑着拐杖上台，
有人日间要演舞台剧，
有人推掉数十万人民币的商演！
为的就是要成就这个画面，
友情比一切都重要！**

一直有人讨论 Wyman 在填词上是否对某些歌手较偏心？以我多年观察，我认为这点并不存在。如他对某位歌手没感觉，就直截了当不填是也！要不就把当下他认为最好最适当的题材赠予该歌手。当然如果歌手跟他比较熟稔，他或会将彼此闲谈中某些点滴化成歌词，例如彭羚多年前提及毕生最大愿望是平淡地相夫教子，于是出现《小玩意》；陈奕迅买了只名表送给自己而出现《陀飞轮》；我看完友人微博后一夜失眠，之后得到《那谁》。

而这几晚最让我感动的是傅佩嘉、赵学而、吴浩康及无奈地拆档后重组一夜之 Swing 及 Shine。这些歌手虽然 offline 已久，我还能自其歌声清晰地感觉到那团“火”。YouTube 的点击率告知我，被感动的不止我一个……

Y 在最后一晚说他非常讨厌有人说近十年香港乐坛已大

不如前，在下实在深表认同！本人亦已 offline 多年，隔岸观火地看到各大电子传媒各为其主四分五裂，文字媒体看谁好谁就被尽情践踏，这些对真心付出想做好音乐的人不公平之余，亦是种侮辱。大环境如此我们不能改变，可能做的就只有克尽己任，继续坚持！我们还需努力。

拾·珍藏

1985

—

新秀战衣

PLAYLORD

这是我1985年参加第四届新秀歌唱比赛的战衣。白色西装、白色恤衫配黑色西裤，是我自己styling的，当年还特别在佐敦恒丰中心四楼一间叫Arts的时装店定做这套PLAYLORD西装。钟情白色西装的原因是陈百强，我其实是仿照他在1984年担任第三届新秀歌唱比赛嘉宾的造型，西裤特别设有两条白边。不过这件战衣的背后也有一段小插曲，话说小弟当晚出场前，梅姐在后台看到我一身打扮，嫌我原本配衬的brooch（胸针）不顺眼，最后竟然请她的朋友杜晶晶于一小时内送我一条黑色bow tie，再有Eddie哥哥从旁替我衬袋巾。晃眼间已经是二十九年前……时间过得真快。梅姐，你现在快乐吗？

1988

追赶瀛风

ISSEY MIYAKE

那个年代，日本时装风蔓延整个亚洲。香港作为正面被日系吹袭的地区，影响力可谓相当强劲！三宅一生、川久保玲、山本耀司全部都是当时得令的日本时装设计师。要买下他们的作品，动辄数千元以上。但是我首套 ISSEY MIYAKE 衣物，竟然只是用了八百大洋。当时店铺位于九龙酒店地库商场，时值春夏季度减价至最后最后阶段，因为当时已与店员混熟，他们提醒我去到最后一刻入货才够划算。如此执到宝，绝对值得珍藏。

1991

—

不可多得

THIERRY MUGLER

到现在仍然怀念八九十年代的香港，还有那间位处中环文华酒店的 JOYCE MEN 专门店，带领我们这类“衫痴”认识时装世界。此外，THIERRY MUGLER 这个品牌这个名字也值得纪念，尽管今时今日已经无复当年勇，但是那时不识 THIERRY MUGLER 的人认真“好打有限”（眼界有限）。Thierry Mugler 先生本来是修读建筑（背景跟 Mark Lui 或 Eason 相似），后来却当上了时装设计师，同样充满传奇色彩。这件属于小弟首套 THIERRY MUGLER 的收藏，当年都是去到 further sales 尾声先据为己有。阔膊收腰、匙羹领、纽扣，统统都是当年经典款式，见证不同年代的时装风变迁。

1991

—

午夜快车

GIANNI VERSACE

当年到荷兰登台后，下站是英国。不过当时欧洲的火车网络没有现在般四通八达。所以由荷兰去英国除了搭飞机，就只有驱车前往，我们一行人由荷兰乘车出发，途经比利时一间 outlet，竟然在那里寻到当季的 GIANNI VERSACE，的确罕见！这套西装当时在香港要卖一万三千至一万五千港币，但 outlet 只售二千港币。何解？因为西装没有 spare button（备用纽扣），品牌当时将这类货品列为 damage stock（有损货品）。这种情况现在已经没可能发生，有的话品牌都会先收起，待 sample sales（样品销售）才拿出来钓高来卖。如此笋货造就我独得首套 GIANNI VERSACE 的藏品。

1992

—

见证友情

DOLCE & GABBANA

9 月 24 日是我的生日，1992 那年过的生日令我永生难忘。话说那时正值事业低潮期，爱时装的我只得穷风流，价值六千八百港币的西装我怎能负担？！幸好身边有班好友，那年梁芷珊、吴雪雯、C.Y. Kong、欧阳德勋替我庆祝生日，其实都是吃餐饭，但当时他们夹钱买了这份礼物给我。所以这件西装对我的人生而言，是象征友谊的价值，并不是物件本身的价值，而是当我处于人生最低迷的时候，身边仍有一班好友对我不离不弃，所以这件衣服在我有生之年绝对不会舍弃！

1993

—

再战乐坛

GIORGIO ARMANI

记得当年是重新推出个人唱片《生命色彩》再战乐坛，年尾新城颁奖礼还邀请小弟担任特别嘉宾。重振声威岂容马虎！为了纪念自己重出江湖，我决定重锤出击在当时还在中环历山大厦的 GIORGIO ARMANI 买下首套品牌 Black Label 西装，盛惠一万四千五百港币。为何是 GIORGIO ARMANI ？因为罗文，他是穿阿曼尼的专家，他建议我穿 ARMANI 可以穿得好 decent，西装的关刀领上有 pin、凤眼纽，都是当代时装的流行风格。好可惜，我还是衬错了鞋，挑了一对 CERRUTI 1881 的 oxford（牛津）鞋，如果是 wingtips 或 ARMANI 的 total look，效果应该更好，所以成功是从无数的错误经验中累积而来的！

1998

历久常新
ALEXANDER MCQUEEN

这件长褛的重点在于十分有 design 的背面，实在太靓，是当时我购入的主要原因。当年我去美加巡回演出，应该是推出《越吻越伤心》大碟的时候，当年趁登台的空档跑去 New York shopping 买的，还记得这件长褛并不便宜，它是我个人衣柜里第二件 ALEXANDER MCQUEEN 收藏，不论质料、设计、剪裁等，我都认为它是顶级杰作。虽然已经穿过许多次，但每次穿都有历久常新的感觉，到目前为止我仍有穿着它，永远不觉得有过时的感觉。

1999

—

总坛独卖

VIVIENNE WESTWOOD

202 这件晨衣最值得收藏的原因，就是全球只生产了这件而已，绝无他选。因为这件是 VIVIENNE WESTWOOD 的 showpiece，当年只在天桥（T 台）上给模特儿穿过一次，不过之后品牌并没有生产和推出。我能够搜寻得来，只因当时去了品牌的英国总坛参观，价钱多少已经忘记了，但见稀世奇珍，当然据为己有。

2007

—

女装革命

CHANEL

认识我的人都知道我有穿女装的瘾，但大家未必知道我由何时开始有这铺瘾吧？就是由这件 CHANEL 中褛开始。话说当年陪女友去巴黎看 fashion week，空档期间去了 CHANEL Rue Cambon 总坛，一眼见到这件本身已经很 unisex 的中褛，合晒眼缘。不穿不知，一穿就发现时装的广阔空间……今时今日大家都见到我对女装衫情有独钟，只要见到有型的女装的话，只要可以短修小改我也会全盘买下。一切原因都由这件 CHANEL 开始……

2013

—

怪搭百中

THIERRY MUGLER

206 这件外套横看竖看都猜不到是出自THIERRY MUGLER的作品，是我在英国Notting Hill一间vintage store执到宝，价钱不超过二百英镑！讲开英国的二手古着时装店，当中有好有差，可谓良莠不齐，我在文章中亦有一篇特别提及，大家去英国寻宝时亦不妨参考一下。至于这件外套的精妙之处，是我可以把它配衬彩色十足的MERCIBEAUCOUP,。无错，我是四十六岁，好在我不怕羞，我有什么不敢的呢？

2006

—

幸福起步

PUMA Black Label By ALEXANDER MCQUEEN

隆重珍藏

认住这个日子——2006 年 3 月 23 日，是我认识我女友的日子。要说这对波鞋的背后原因，当然跟她有关。话说当时她还在 JOYCE Group 工作，而我那时正在追求她。当我于厦门拍戏回港后，她竟然将这对 PUMA Black Label By ALEXANDER MCQUEEN 波鞋送给我，其实这是她送给我的第一份礼物。我个人有个习惯，如果收到的礼是鞋的话，我会回封利是给对方，因为我的观点是广东人对鞋的谐音“嘥嘥声”（唉唉叹气声），始终兆头不好也；至于西方有个流传，如果你收礼不回款给对方，就等如送走朋友。

但是于我而言，这双波鞋最特别的意义，是她从此步入我生命，与我白头到老。所以话，有时事在人为，宿命是可以打破的。

INDEX

A BATHING APE	日本时装品牌，是著名的日本里原宿潮流品牌，由 NIGO 在 1993 年创立
ALEXANDER MCQUEEN	英国已故著名时装设计师亚历山大 · 麦昆（1969 — 2010 年）于 1992 年创建的同名时尚品牌
A&F	即 Abercrombie & Fitch，美国经典休闲大牌
Alber Elbaz	阿尔伯 · 艾尔巴茨，著名女装设计师
Amancio Ortega	阿曼西奥 · 奥特加
Andy Warhol	安迪 · 沃霍尔，1928 — 1987 年
Angelina Jolie	安吉丽娜 · 朱莉
ANTONIOLI	服饰购物网站
BALENCIAGA	巴黎世家
BALMAIN	巴尔曼
Beyonce	碧昂丝 · 吉赛尔 · 诺斯（Beyonce Giselle Knowles），美国 R&B 女歌手
Black Eyed Peas	黑眼豆豆乐队
BLACK FLEECE	2007 年，Brooks Brothers 品牌与桑姆·布朗尼 (Thom Browne) 联名系列，取名为 “Black Fleece”
BOTTEGA VENETA	宝缇嘉
BROOKS BROTHERS	布克兄弟，美国知名男士服饰品牌，1818 年诞生于美国
BURBERRY	博柏利
BURBERRY PRORSUM	BURBERRY 子品牌
Car Shoe	知名鞋履品牌
CARTIER	卡地亚
CÉLINE	思琳
CERRUT 1881	切瑞蒂，意大利男装品牌，被称之为意大利服装中新古典主义代表
Christopher Bailey	克里斯托弗 · 贝利，现任博柏利 (BURBERRY) 首席执行官
CHANEL	香奈儿
CHLOÉ	蔻依
Christophe Decarnin	克里斯托弗 · 狄卡宁
CHROME HEARTS	克罗心
COLETTE	巴黎著名柯莱特时尚店
DAMIR DOMA	达米尔 · 多马
Derek Lam	林健诚，活跃于纽约时尚圈的著名华裔设计师

D-Mop	香港时尚服饰店
DIOR HOMME	迪奥·桀傲，高级男装品牌
DOLCE&GABBANA	杜嘉班纳
Donatella Versace	多娜泰拉·范思哲
Double RL	美国复古风先驱品牌
DSQUARED2	意大利品牌
ERMENEGILDO ZEGNA	奢华男装品牌杰尼亚
Florence Pitti Uomo	佛罗伦萨男装展 Pitti Uomo
G-DRAGON	权志龙，韩国歌手、BIGBANG 队长兼 Rapper
GIANNI VERSACE	詹尼·范思哲，品牌范思哲的创始人
GIORGIO ARMANI	乔治·阿玛尼
GIORGIO ARMANI Black Label	阿玛尼黑标，是阿玛尼旗下的高级成衣系列
GIVENCHY	纪梵希
GUCCI	古驰
Haider Ackermann	海德·艾克曼
HARDY AMIES	赫迪雅曼
Harrods	哈洛德百货，伦敦最有名的百货公司
HARVEY NICHOLS	英国知名百货公司
Hedi Slimane	艾迪·斯理曼
HOLLISTER	美国休闲服饰品牌 A&F (Abercrombie & Fitch) 旗下的副线品牌
ISSEY MIYAKE	三宅一生
Jason Wu	吴季刚，著名纽约华裔设计师
JEAN PAUL GAULTIER	让·保罗·高提耶，法国著名设计师
JEREMY SCOTT × ADIDAS	时尚潮流鬼才设计师杰瑞米·斯科特与 adidas Originals 的合作
JEFFERY WEST	高级手工定制鞋品牌
Jessica Alba	杰西卡·阿尔芭
Jil Sander	吉尔·桑达
John Galliano	约翰·加利亚诺
Johnny Depp	约翰尼·德普
Justin Bieber	贾斯汀·比伯，加拿大歌手
Karl Lagerfeld	卡尔·拉格斐
Kate Moss	凯特·摩丝，英国超级名模
Kelly Bag	凯利包，Hermes 经典包

KENT&CURWEN	肯迪文，伦敦著名服饰品牌
Kris Van Assche	克里斯 · 万艾思
Kurt Cobain	科特 · 柯本，1967—1994 年，美国已故著名摇滚歌手
LANVIN	浪凡
Le Smoking tuxedo	吸烟装礼服
LOVELESS	日本时装精品店
LUISAVIAROMA	意大利著名奢侈品零售商
MAGNANNI	西班牙品牌
Mastermind Japan	日本顶级 HI-END 时尚品牌
MAISON MARTIN MA-RGIELA(MMM)	梅森 · 马丁 · 马吉拉，比利时解构主义时尚品牌，设计师同名品牌
Marc Jacobs	马克 · 雅各布
Marche aux puces Saint-Ouen	Marche aux Puces 跳蚤市场是法国最大的旧货市场
MERCIBEAUCOUP	宇津木，日本潮流界猛人宇津木的设计师品牌
MOET & CHANDON	法国名酒，酩悦香槟
MOUTON COLLET	比利时饰品品牌
Mr. Louboutin	著名巴黎高级鞋履设计师克里斯提·鲁布托（Christian Louboutin）
MR. PORTER	为时尚型男而设的购物网站
NEIGHBORHOOD	日本街头潮流文化的著名品牌
NET-A-PORTER	英国权威奢侈品购物网
Nicola Formichetti	尼克拉 · 弗米切提
Nicolas Ghesquiere	尼古拉 · 盖斯奇埃尔，前巴黎世家创意总监
NIKEiD	提供球鞋定制服务
Olivier Rousteing	奥利弗 · 鲁斯汀
Oscar de la Renta	奥斯卡 · 德拉伦塔，美国时装品牌，在高级时装和礼服设计领域赫赫有名
Pharrell Williams	法瑞尔 · 威廉姆斯，美国著名唱片艺术家、制片人、音乐人和服装设计师
PHENOMENON	由日本音乐人兼服装设计师大澄刚史 (Take-shi Os-umi) 在 2004 年创立的高级服装品牌
Phoebe Philo	英国设计师菲比 · 菲罗
Phillip Lim	林能平，华裔美籍设计师
PIERRE BALMAIN	法国时装设计师皮埃尔 · 巴尔曼，创办同名品牌巴尔曼
RALPH LAUREN	拉尔夫 · 劳伦

Riccardo Tisci	里卡多 · 蒂西，纪梵希艺术总监
RICK OWENS	瑞克 · 欧文斯，设计师同名品牌
Romain Kremer	法国前卫设计师
Romeo Gigli	意大利时装界的重量级人物罗密欧 · 吉利，创办有同名时装品牌
Sarah Burton	莎拉 · 伯顿，1996 年毕业于英国中央圣马丁学院 (Central St. Martins)，14 年来一直追随亚历山大 · 麦昆 (Alexander McQueen)，成为他在世时的挚爱密友和第一助理。McQueen 自杀后成为 Alexander McQueen 品牌的创意总监
Savile Row	萨维尔街，顶级定制的摇篮
Selfridges	塞尔福里奇百货公司
STEPHEN JONES	史蒂芬 · 琼斯，英国天才帽子设计师
Takeshi Osumi	大澄刚史，日本著名潮流艺术家和设计师
THIERRY MUGLER	蒂埃里 · 穆勒，法国设计师，创办同名时装品牌，在法国高级时装界里占有重要的一席之地
THOM BROWNE	桑姆 · 布朗尼，同名男装品牌设计师
THE CONTEMPORARY FIX	日本著名潮流店铺
TOM FORD	汤姆 · 福特
TOPMAN	Topshop 的兄弟品牌
Togo	Togo 皮料是成年公牛颈部皮，皮的表面类似荔枝纹，有一点光泽
UNITED ARROWS	日本服装店
Versace	范思哲
Vivienne Westwood	维维安 · 韦斯特伍德，时装界的“朋克之母”
VISVIM	日本潮流文化的著名品牌
VINTI ANDREWS	伦敦时尚设计师 Vinti Andrews 的同名品牌
WESCO	美国制鞋大牌
Yellow Ruby	日本品牌
Yves Saint Laurent	伊夫圣罗兰
ZUCCA	日本服装品牌

衣柜里的男人

苏永康 著

责任编辑　肖小困
书籍设计　typo_d

出版发行　生活·读书·新知三联书店
北京市东城区美术馆东街 22 号
邮编：100010
电话：010 64001122-3073
传真：010 64002729

经销　新华书店

印刷　北京雷杰印刷有限公司
版次　2014 年 10 月北京第 1 版
2014 年 10 月北京第 1 次印刷
开本　136mm × 200mm　1/32
印张　6.75
字数　100 千字
印数　5000 册

ISBN　978-7-108-05130-1
定价　48.00 元

图书在版编目（CIP）数据

衣柜里的男人 / 苏永康著．– 北京：生活·读书·新知
三联书店，2014.10
ISBN 978-7-108-05130-1
Ⅰ．①衣…Ⅱ．①苏… Ⅲ．①随笔–作品集–中国–
当代 Ⅳ．① I267.1

中国版本图书馆 CIP 数据核字（2014）第 172536 号